小学生 "读·品·悟"
小学生成长必读系列（第二辑）

学会做人做事的 100 个故事

总 主 编◎高长梅

本册主编◎全晓兰

九 州 出 版 社
JIUZHOUPRESS
全国百佳图书出版单位

图书在版编目（CIP）数据

小学生学会做人做事的 100 个故事/全晓兰主编. –北京：

九州出版社, 2008.11（2021.7 重印）

（"读·品·悟"小学生成长必读系列. 第 2 辑）

ISBN 978-7-80195-940-9

Ⅰ. 小... Ⅱ. 全... Ⅲ. 故事—作品集—世界 Ⅳ. I14

中国版本图书馆 CIP 数据核字（2008）第 187605 号

小学生学会做人做事的 100 个故事

作　　者	高长梅 总主编　全晓兰 本册主编	
出版发行	九州出版社	
地　　址	北京市西城区阜外大街甲 35 号（100037）	
发行电话	(010)68992190/2/3/5/6	
网　　址	www.jiuzhoupress.com	
电子信箱	jiuzhou@jiuzhoupress.com	
印　　刷	北京一鑫印务有限责任公司	
开　　本	720 毫米 × 980 毫米　16 开	
印　　张	9.5	
字　　数	105 千字	
版　　次	2009 年 1 月第 1 版	
印　　次	2021 年 7 月第 3 次印刷	
书　　号	ISBN 978-7-80195-940-9	
定　　价	29.80 元	

目录

第1辑 给别人一把钥匙

一只小猪、一只绵羊和一头奶牛,被关在同一个栏圈里。一天,主人捉住小猪,它大声号叫,猛烈地抗拒。绵羊和奶牛讨厌它的号叫,便说:"他常常捉我们,我们并不大呼小叫。"小猪听了回答道:"捉你们和捉我完全是两回事,他捉你们,只是要你们的毛和乳汁,但是捉住我,却是要我的命呢!"

所处环境不同的人,感受也是不同的。所以对处于伤痛和困境中的人,我们应该多站在别人的角度想问题,多给予别人关怀和帮助。

第2辑 别被自己淘汰

很久以前,有一位国王去一个很远的地方旅行。因为路上坎坷不平,国王不停地抱怨脚疼。于是他发布命令:用牛皮铺好他要走的每一条路。但是牛皮的数量根本不足以铺满这些路。这时,一位聪明的大臣提议:"陛下,您为何不剪两块小牛皮包在自己的脚上呢?"国王恍然大悟,立刻接受了这个建议,从此皮鞋诞生了。

有些时候,我们觉得环境不好,想改变环境,却忘记更需要改变的是我们自己,是我们的内心。正是这个弱点使我们停止了前进的脚步。

第**3**辑

没有一件善事是渺小的

一天,大卫遇到一个因汽车抛锚而无法前行的人,就热情地帮助了他,事后,大卫分文不取,只是说:"我不需要谢谢,不过希望您答应我遇到别人身陷困境,也要伸出援手。"那人欣然应允。大卫重复地做着助人之事,一天他自己由于轮船出事而身陷荒岛,奇迹般获救时,他听到了陌生的救命人说出了最熟悉的一句话:"我不需要感谢,只是希望你以后能在别人身陷困境时伸出援手。"

不要吝啬你的善念,你为别人燃烧的柴火最后温暖的可能就是你自己。

第**4**辑

修养重于学识

有一所学校招聘电脑老师,要求是本科毕业,一个大专毕业生虽然学历达不到要求,但他谦虚的态度、优雅的谈吐和离开时轻轻关门表现出来的修养征服了校长,最后获得了聘用。学识可以"教"出来,而修养必须"炼"出来。学识是教会我们如何做事,修养是告诫我们如何做人,只有做好人,才能做好事。在成功的天平上,修养重于学识。修养是人生最重要的一门必修课。

第**5**辑

听懂你的心

一个牧场主养了许多羊,但他的邻居养的猎犬常常跳过栅栏袭击他的小羊羔。忍无可忍的牧场主找到法官评理。法官说:"我可以发布法令让他把猎狗锁起来,但这么一来你就失去了一个朋友,多了一个敌人。我可以给你一个更好的主意。"牧场主到家后,按法官说的,挑选了三只最可爱的小羊羔送给猎户的三个儿子，孩子们如获至宝，因为怕猎狗伤害到儿子的羊羔，猎户把狗关了进去。从此两家相安无事，还成了好邻居。

先去理解别人，自己就容易被理解。先去满足别人，自己的需要就容易得到满足。

给别人一把钥匙

一只小猪、一只绵羊和一头奶牛，
被关在同一个栏圈里。
一天，主人捉住小猪，它大声号叫，
猛烈地抗拒。
绵羊和奶牛讨厌它的号叫，
便说："他常常捉我们，我们并不大呼小叫。"
小猪听了回答道："捉你们和捉我完全是两回事，
他捉你们，只是要你们的毛和乳汁，
但是捉住我，却是要我的命呢！"
所处环境不同的人，感受也是不同的。
所以对处于伤痛和困境中的人，
我们应该多站在别人的角度想问题，
多给予别人关怀和帮助。

人生的距离

保持我们友情的行距和株距,这是我们能够收获友情果实的唯一秘密。

有两个农人,他们在村庄的后面种了 5 亩玉米。很瘦的农人十分讲究每棵玉米的株距和行距,并且每穴只留一棵茎肥叶壮的苗子,其余的全都拔掉。

而稍胖的农人就不同了,他竭力缩小每棵玉米的行距和株距,间苗时特意给每穴都留下了两棵玉米苗。他扳指一算,如果每棵玉米只结一个玉米,到秋天邻居只能收获 1000 个玉米,而自己则可稳稳收获 2500 个玉米。

初夏,玉米苗长成了浓绿浓绿的玉米林。瘦农人见了大吃一惊:"你怎么留了这么多玉米苗,秋天能收获什么?"胖农人不屑地答:"玉米苗留得多,到时候我收的肯定要比你多。"瘦农人说:"留足了行距和株距,玉米地里能洒进阳光吹进风,玉米才能长得壮长得好,你这样种玉米恐怕收不到。"

忽然一夜刮起了风,那风其实不算很大,每年夏天都要刮几场的。翌日清早,胖农人赶到地里一看,呆住了,大风把他的玉米全推倒了,就像用车轮辗(niǎn)过一样。别说秋天收获更多的玉米了,就连收回种子也只能是空空一梦了。

沮丧的胖农人想,这回瘦农人的玉米损失也一定不小了。可结果却是:瘦农人的玉米棵棵都长得直直的、壮壮的,一棵也没有被风吹歪。

瘦农人说:"我把行距和株距留得足,风都从玉米行间里溜走了。我这行距,别说是昨夜那场风,就是风再大些,玉米也绝不会有损失。"

是的,离得太近,或许一阵轻风、一场细雨就容易使我们彼此受到损失和伤害。给风留下足以溜走的距离,给雨留下足以流走的距离,那么还有什么流言飞语能把我们轻轻击倒呢?

保持我们友情的行距和株距,这是我们能够收获友情果实的唯一秘密。

❀ 木　峰

❀ 做人做事小语 ❀

交朋友和种玉米有相似之处。种玉米距离太近,苗株过多,每棵的营养吸收都不足,玉米苗不够强壮,经不起风吹雨打。交朋友,也是一样。每个人都有自己的秘密,走得太近,不经意间,就会造成伤害。保持一定的距离,让各自的秘密有地方收藏和回想,就可以收获友情的果实。

(采　露)

幸灾乐祸的猪

这些猪是不是得了厌食症，这样下去迟早会饿死，不如全拉去杀了。

从前有户人家买了好多小猪。这些小猪平日生活在一个大猪圈里，过着吃饱喝足的幸福生活。

其中有一头小猪特别凶，有什么好吃的都抢着吃，也不大干活，长得肥头大耳。其他小猪对它是又怕又恨。终于有一天，猪圈里来了几个人，他们把这头最肥的猪捆起来，准备拉到屠宰场杀了。

这头平日神气十足的猪一下子吓傻了，它拼命地喊救命，可是这些猪不但不帮忙，还一个个冷嘲热讽。

"谁让你平时作威作福，这叫恶有恶报！"一个声音咬牙切齿地说。

"就是，每次有吃的你都抢，吃这么肥，活该！"又一个声音说。

"你真是好可怜啊！不过也不能怪我们。你就自认倒霉吧！"一头猪懒洋洋地说。

不一会儿，那头倒霉的猪就给捆走了。这群平日受它欺负的猪仍然议论不绝。

"终于可以过快乐的生活了。"它们说。

"我看未必。"听到这样不和谐的声音，大家一下子愣住了。它们一看，原来是角落里一头从来不怎么说话的黑猪。

"你这只笨猪，好好在一边待着，插什么嘴？"它们骂道。

这头黑猪也不生气，只听它不慌不忙地说："你们难道没看出来，它的不幸迟早会降临在我们身上。"

"不可能！那头猪之所以被杀是因为它长得实在太肥了。"

"就是，我们以后别吃那么多就是了。"

黑猪听了冷笑一声，说："你们太天真了。我看我们还是团结起来，把这些围着我们的栏杆咬断吧。"

"到了外面，谁来喂给我们食物呢？要去你自己去，我们可不去。"

黑猪见它们不听，就自己去咬栏杆，可是栏杆太粗，它咬得牙出血了都没有成功。

其他猪见状哈哈大笑，说："我看你就是牙全咬没了，也无法咬断栏杆。"

黑猪看到它们得意的样子，又想起刚才肥猪被抓时它们幸灾乐祸的笑声，更加坚定了逃走的决心。

它使劲地咬，又用脚去踢，终于成功地咬断了一根栏杆。

它逃走之后没几天，猪圈里又来人了。这些猪想，我们一个个这么瘦，他们还来干什么呢？只听见一个人说："这些猪是不是得了厌食症，这样下去迟早会饿死，不如全拉去杀了。"

小猪们一听都惶惶不安起来。它们开始相信黑猪的话了，只是一切已经太迟了。

做人做事小语

身边的人遇到困难,你该怎么办?或许他曾经对我们不友好,我们对他心存怨恨而不愿意出手帮助。但是,试想如果有一天困难降临到自己头上呢?身边的朋友也像我们当时一样袖手旁观或是幸灾乐祸,我们又会是什么感受呢?生活在这个世界上,就应该互相帮助,只要团结一心,困难就会远离我们。

(采 露)

其实你也有问题

愤世嫉俗的人常从年轻愤怒到老,斜视久了的眼睛看什么都不顺眼。

有一则小故事是这样的:

有个太太多年来不断指责对面的太太很懒惰,"那个女人的衣服,永远洗不干净,看,她晾在院子里的衣服,总是有斑点,我真的不知道,她怎么连洗衣服都洗成那个样子……"

直到有一天,有个明察秋毫的朋友到她家,才发现不是对面的太太衣服洗不干净。细心的朋友拿了一块抹布,把这个太太家窗户上的灰渍抹掉,说:"看,这不就干净了吗?"

原来,是自己家里的窗户脏了。

每一个人都曾经遇到过不少愤世嫉俗的人，或者，你也有过一些看什么都不顺眼，永远觉得命运对自己比较坏的朋友，但在倾听他们的怨言之后，总会发现有句老话说得很妙：可怜之人，必有可恨之处。

看到外面的问题，总比看到自己内在的问题容易些；而把错归咎于别人，也比检讨自己来得容易（检讨自己和责怪自己，又是两回事了），于是，愤世嫉俗的人常从年轻愤怒到老，遇上有人过得好，就想咬他一口，斜视久了的眼睛看什么都不顺眼。

（台湾）吴淡如

做人做事小语

每个人都有缺点和不足。这不要紧，最重要的是能够清楚地认识自己，一味着眼于自己的优点，还不断盯着别人的缺点去数落别人，那样永远不会进步。人，每到一个阶段，应学会退一步来想，自己所走过的道路、经历过的成败、自己的得失，到底由哪些因素所致？全都可以归咎给别人吗？认真反思过后，你才会发觉，原来自己也有问题。（采　露）

光芒不会影响光芒

这两根发光的蜡烛，就好像两个优秀的人，它们在一起，只会相互辉映，更加生辉。

读中学时，我和我的同桌学习成绩都特别优秀，每次考试，不是他考第一，就是我考第一。可我们在心里却暗暗地较着劲，互不服气，好像一对冤家，见了面也互不说话，互不打招呼。

父亲知道这件事后，一天晚上，他把我叫到跟前，关了房里的电灯，然后点亮了一根蜡烛，说："这根发光的蜡烛，暂且把它比作一个优秀的人。"

接着，父亲又点亮了另一根蜡烛，问："你看，现在房里是更暗了，还是更亮了呢？"

"当然是更亮了。"我说。

"这两根发光的蜡烛，就好像两个优秀的人，它们在一起，只会相互辉映，更加生辉。"父亲摸了摸我的脑袋，"孩子，记住，光芒不会影响光芒。"

在以后的人生路上，每当我遇到竞争对手时，我总会在心里叮嘱自己：光芒不会影响光芒。

✳ 黄小平

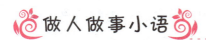

做人做事小语

　　人生总要面对各种竞争。竞争不一定意味着对立，参与竞争的各方可以互相学习、取长补短，就像被点亮的两根蜡烛，光芒会照得更远，面积更大。与竞争的人做朋友，或与朋友竞争，会让彼此得到更快更大的提高。

（采 露）

原　　谅

> 我清清楚楚地看到，她大大的眸子里，竟然镀着一层薄薄的泪光。

　　上海的一家餐馆里，负责为我们上菜的那位女侍，年轻得像是树上的一片嫩叶。捧上蒸鱼时，盘子倾斜，鱼汁泼洒在我搁于椅子的皮包上！我本能地跳了起来。这皮包，是我心头的大爱。

　　可是，我还没有发作，我的女儿便以旋风般的速度站了起来，快步走到女侍身旁，露出了温柔的笑脸，拍了拍她的肩膀，说："不碍事，没关系。"女侍如受惊的小犬，手足无措地看着我的皮包，嗫嚅地说："我，我去拿布来抹……"万万想不到，女儿居然说道："没事，回家洗洗就干净了。你去做工吧，真的，没关系的，不必放在心上。"女儿的口气是那么的柔和，倒好似做错事的人是她。女侍原本绷得像石头一般的脸，慢慢地放松了，她细声细气地说了声"对不起"，便低着头走开了。

女儿平静地看着我，在餐馆明亮的灯火下，我清清楚楚地看到，她大大的眸子里，竟然镀着一层薄薄的泪光。

当天晚上，回返旅馆之后，母女俩齐齐躺在床上，她这才亮出了葫芦里所卖的药。

负笈伦敦三年，为了训练她的独立性，我和日胜在大学的假期里，不让她回家，我们要她自行策划背包旅行，也希望她在英国试试兼职打工的滋味儿。活泼外向的女儿，在家里十指不沾阳春水，然而，来到人生地不熟的英国，却选择当女侍来体验生活。

第一天上工，便闯祸了。

她被分配到厨房去清洗酒杯，那些透亮细致的高脚玻璃杯，一只只薄如蝉翼。女儿战战兢兢，好不容易将那一大堆的酒杯洗干净了，正松了一口气时，没有想到身子一歪，一个踉跄，杯子应声倒地，"哐啷、哐啷；哐啷、哐啷"连续不断的一串串清脆响声过后，酒杯全化成了地上闪闪烁烁的玻璃碎片。

"妈妈，那一刻，我真有堕入地狱的感觉。"女儿的声音，还残存着些许惊悸："可是，您知道领班有什么反应吗？她不慌不忙地走了过来，搂住了我，说：亲爱的，你没事吧？接着，又转过头去吩咐其他员工：赶快把碎片打扫干净吧！对我，她连一字半句责备的话都没有！"

又有一次，女儿在倒酒时，不小心把鲜红的葡萄酒倒在顾客乳白色的衣裙上，原以为她会大发雷霆，没想到她反而来安慰女儿，说："没关系，酒渍嘛，不难洗。"说着，站起来，轻轻拍拍她的肩膀，便静悄悄地走进了洗手间，不张扬，更不叫嚣，把眼前这只惊弓之鸟安抚成梁上的小燕子。

女儿的声音,充满了感情:"妈妈,既然别人能原谅我的过失,您就把其他犯错的人当成是您的女儿,原谅她们吧!"此刻,在异乡异国的夜里,我眼眶全湿。

❋ [新加坡]尤 今

🌸 做人做事小语 🌸

原谅是一种美德。当别人犯了错误或者伤害了你的时候,试着把对方当成自己,想想自己希望别人怎么对待我们呢?对别人宽容一些,给别人也给自己一个机会。原谅别人就是在你犯错误时让别人也原谅你。

(采 露)

10公斤的体恤

她温暖了他人,更温暖了自己,如同一滴解冻的水珠,换来桃红柳绿的人生。

那时她中专毕业,找了半年工作,最后做了一名牙膏推销员。每天她早出晚归,对着一扇扇冰冷的门提前微笑,再对着门后面一张张狐疑的脸,举起各种牙膏试用装小声地问:请问您需要最新的牙膏吗?

通常不等她说完，门就"嘭"地关闭了，将她的希望和尊严，弹指间置于尘埃。

她如浸水的宣纸，轻轻一戳就会支离破碎。某天被人推出门来，失魂落魄地走在马路上，她泪如泉涌。

渐渐黑下来的天，还有一轮夕阳照亮。而她，别无依靠。

在租住房的附近，她看见一个老人站在杂物狼藉的板车边沿，纸板上写着歪歪扭扭的毛笔字：废报纸一块钱一公斤，易拉罐一毛钱一个……天气燥热，老人的汗水滴滴答答，湿透了发黄的旧汗衫。黑布鞋前面裂口，露出了半个大脚趾。

她忽然生出同是天涯沦落人的凄然。

家里的废报纸刚好需要处理。于是，她请他上门。她没有别的喜好，除了读书看报，偶尔也写点东西，但从未发表过。

老人熟练地将报纸一沓一沓塞满麻袋，再抽出背上插着的一杆秤，用巨大的挂物钩钩住，费力地提起来。报纸有点沉，他的脸都涨红了，但他让秤尾巴翘得高高的，读准了才和气地对她说：姑娘，10公斤。

她一愣，这哪里只有10公斤！就连一个收购废品的老头也欺负她！

她很快拿出自家的小地秤，不理睬老人突然折弯的背。麻袋放好，她蹲下身看，有20公斤！老人竟少秤了一半！

她抬起头，立刻就想赶他出门。可就在那一刻，她的眼神扫过了他耷拉下来的手：布满伤口，皮皱肉松，骨节支棱——那分明是一双沧桑的、辛劳的、老去的手。此时，它们正难受地互相纠缠着，紧握着，指尖都已发白。它们也曾经朝气蓬勃地捧着大把希望吧，如今却双手空空，无奈无力。

她的心疼了起来。不过几秒，她把麻袋挪过去，若无其事地说："没错。10公斤。"她又打开破旧的小冰箱，拿出仅存的两支蒙牛绿豆冰棍，塞给老人一支。

老人双手连摆，连说不要不要！

她笑着说，天热，吃了心凉。

老人掏出零零碎碎的钱来，她抽了两张5元的，若无其事地继续咬冰棍。老人欲言又止，终于一手拿着冰棍，一手提着麻袋，匆匆离去。

一个星期后，她在自己的门边发现一小袋荸荠（bí qí），刚刚洗净泥巴，湿润而芳香，还夹着一封信，字迹很童稚，地址来自某某小学一年级甲班。里面是一幅笨拙的蜡笔画：一个扎两根辫子的女孩，正在给一位白发老人冰棍，附有简短的几句话：

　　"大姐姐：我的爷爷从上周回到家，每天都会说到你。爷爷说谢谢你的冰棍，你的好心。爸爸妈妈出车祸之后，爷爷只好到处收废品卖钱，给我买铅笔和练习本，一年多了，你是第一个对他这么好的人。爷爷还让我告诉你，说他已经换了新秤……"

她捧着信，来回地读，眼眶热热的。

她写了回信，搁在门边，说："小弟弟：荸荠很好吃，画也很好看，不过，你没见过姐姐，画得不太像！所以，下个周末你来看我吧。姐姐给你和爷爷做好吃的……"

他们果然来了。穿着白衬衫的老人，带着他一蹦一跳的七岁的孙子，提着新鲜的蔬菜，高高兴兴地来了。尽管小背心和短裤都打着补丁，可是男孩非常快乐，活泼。可见，虽然贫穷，虽然失去了父母，但他仍然是在满满的爱当中成长。她庆幸，那天未曾轻易伤害这位老人。

当晚，小小的出租屋充满了欢笑，随同灯影摇曳到深夜。

从此，每个周末她都会和祖孙俩聚聚，吃几个素朴小菜，泡一壶红茶，还给男孩单买了小瓶的百事可乐，看他幸福地喝到呛咳。

她继续推销的生活，在冷眼中坚持微笑，坚持写温暖的文章。一年后，她带着自己发表的作品，应聘成为一家杂志社的编辑，并搬到了明亮的新家。

周末她依然和祖孙俩相聚，并执意资助男孩读书。在那样贫穷灰暗的日子，他们彼此照耀，如今已是亲如一家。

当初隐瞒的 10 公斤，不过是对贫弱如己的老人的体恤，转变却从此发生——她温暖了他人，更温暖了自己，如同一滴解冻的水珠，换来桃红柳绿的人生。

❋ 羽　毛

🌹 做人做事小语 🌹

帮助别人，是中华民族的传统美德，无论我们的处境是宽裕还是艰难，都不要吝啬你的爱心。多一点爱心，多一份体恤，我们的生活就会充满温馨和暖意。

（采　露）

改变冷漠的勋章

将奖章赋予奥利特的原因，并不是他挽救了一个人的生命，而是因为他改变了纽约人的冷漠。

"铜勋章"是纽约公民最高的荣誉。韦斯利·奥利特获得之前，"铜勋章"的得主都是拳王阿里、马丁·路德·金，甚至麦克阿瑟这样世界闻名的名人。

奥利特 50 岁，是一个普通的建筑工人。他获得"铜勋章"的原因是他在纽约哈林区三十七街地铁站冒死救护了一个癫痫病者，一个掉入地铁轨道的病人。

当时奥利特跳下去，想把他拉上来，可是那个病人却拼命挣扎。眼看着一列地铁呼啸着高速行驶过来，奥利特没有放弃，而是用力地将病人按住，紧紧地趴在了轨道中间。

好在列车及时刹车，让他和那个病人只受到了轻微的擦伤。不过他的举动，还是震惊了在场的每一个人。《纽约邮报》在报道中写道："向地铁超人致敬！"然后，纽约市长彭博向他颁发了"铜勋章"。

有人质疑说，单凭挽救一个人的生命，似乎不应该与以往的"铜勋章"得主并列这个荣誉。

可是，彭博却用响亮的声音回答了这个质疑："你们现在可以到地铁里去看看，有多少人在得到陌生人的帮助。而之前，纽约是个冷漠得让人害怕的城市。2005年在地铁里，有人眼睁睁地看着别人遭袭而无动于衷；有老人死在车上，足足6个小时，才被人发现……"将奖章赋予奥利特的原因，并不是他挽救了一个人的生命，而是因为他改变了纽约人的冷漠。

做人做事小语

生活中，一件小事，一个细节，往往最能显露一个人真实的品性。挽救一个癫痫病人的生命，和那些有着丰功伟绩的伟人们相比，可能并不是一件惊天动地的事情，但是，就是这一件事，让人们知道，温暖还在我们周围。帮助需要帮助的人，关心和温暖别人，我们的城市就会变得温暖起来。

（采　露）

那条鱼在乎

有时我们看似不经意的举动，可能会给对方带来意想不到的希望。

曾经读到过这样一个故事，每次潮落，总有好些小鱼被留在海滩的浅水处，无法回到海里。这太常见了，大人们都见怪不怪。一个人远远地看到一个孩子正在用手不停地把它们转移到海里，便走过去劝他：傻孩子，小鱼这么多，你这样做是徒劳无功的啊！哪知，孩子一脸稚气地回答，不，至少这条小鱼在乎。说着他小心地把手里的小鱼转移到了海水里。

我没比尔·盖茨有钱，注定做不了惊天动地的大善事；也不得不承认比不上丛飞伟大，只是碰到了，力所能及地伸一下手。有时我们看似不经意的举动，可能会给对方带来意想不到的希望。

前一段时间，父亲生病了，急需一大笔钱，我忙活了半天还差四万多。正当我发愁时，好几年没联系过的同学林不知道从哪听到了消息，从广州来电询问此事。问明情况后他二话没说把余款汇了过来。我当时吓了一跳，要知道好些平常哥长哥短的人，一听说来意都面露难色，在我打了欠条并保证很快还钱后才勉强同意。还钱时我无意中从林的女友那里听说其实他们手里也挺紧的，这本是他们准备买房结婚的钱，硬是给我匀出来的。我很过意不去，一再表示谢谢。但林好像比我还不好意思：哥们儿，你怎么这么客气啊，比起你帮我的这不算什么。

我一时糊涂了，我没帮过他什么啊？

你忘了吧，自从你当众喝了我茶杯里的水后，我就认定你是我一辈子的哥们儿。林的语速很快，显得有点儿激动，在他的一再提醒下我才转过弯来。那时我们正读高中，林在一次体检中查出患有乙肝。当时高考还比较严，和乙肝扯上关系的考生高校一般不予录取，所以大家都很忌讳。所有的同学都像躲瘟疫似的躲着他，不和他一块儿吃饭，不和他说话，甚至不愿意和他一个寝室，生怕传染给自己。我从学医的哥哥那里明白，日常接触并不会传染乙肝，就有意无意地替他解围。

说实话，我并没感觉这有什么。但电话那端的林却非常的激动，怎么能说没什么呢？你知道，我当时以为考大学完全没戏了，前途一片黑暗，想死的心都有。因为你我才坚持了下来，后来国家不限制了我也考上了大学。我应该好好感谢你才是。

　　其实，我那时没想这么多，完全出于班干部的职责本能，但我很庆幸我做了。而老田和我爷爷的终生友谊更让我对此深信不疑。

　　爷爷退休前是一所高校的教授，知识分子那点儿迂腐和清高，他样样都有。记得爷爷的字写得远近闻名。哥哥毕业分配时，一个官员答应帮忙，但条件是要爷爷为他写一幅字，爷爷听说他官风不好硬是没给。老田是个老实巴交的农民，从没离开过老家。我看不出他们有什么共性，但从小就听爷爷说，老田是他最好的朋友。

　　只要一有空闲，爷爷就会去找老田聊天。我们家住村西，老田住村东。由于村子大，来回一趟有二里多路，对一个70多岁的老人来说还是很吃力的。但爷爷从没觉得，印象中回来后总是高高兴兴的。后来我们搬到了城里，爷爷也跟了过来，可总是过不了几天他就会和老田通次电话，有老乡来也必让其给老田捎些东西。由于爷爷这样，叔叔婶婶们也都很尊重老田，见面喊田叔喊得很亲。

　　后来，我还是从父亲那里知道了来龙去脉。原来，爷爷"文革"时因为说真话，被打成右派发配到乡下农场干活。大热天又苦又累，他从小读书，哪受过那苦啊。那些农场干部又不明就里，受人蛊（gǔ）惑故意折磨他，一整天不给一口水。旁人怕惹上麻烦，都躲着他，只有田爷爷心好，经常偷偷地派他小儿子给爷爷送水。可以这样说，要不是老田让儿子送来的水，爷爷早已不在人世了。

所以，我像那个孩子一样固执地深信，"那条鱼"一定在乎！

 高玉元

第一辑 ▼ 给别人一把钥匙

❧做人做事小语❧

当身边的朋友遇到困难时，请伸出你的手帮助他。对于你来说，也许这只是举手之劳，但对于深处窘境的人来说，却很可能改变他的一生。助人者，得人助。生活在这个世界上，说不准哪一天，你也会遇到困难，这时候，那些帮助过你的人会因为感恩对你施以援手。从这一层面来说，帮助别人，也是在帮助自己。

（采 露）

自私的代价

一个微笑，一次相扶，就会为自己赢得一方晴空。

在经过一轮接一轮的重重筛选后，我们5个来自不同地方的应聘者终于从数百名竞争对手中脱颖而出，成为进入最后一轮面试的佼佼者。

我们这5个人，可以说都是各条道路上的"英雄好汉"，彼此各有所长、势均力敌，谁都可以胜任所要应聘的职务。距面试开始时间还早，为了打破沉寂的僵局，我们还是勉强地聚在一块儿闲聊了起来。交谈中彼此都显得比较矜持和保守，甚至夹着丝丝的冷漠和虚伪……

忽然，有一个青年男子急急忙忙地赶来了。他似乎感到有些尴尬，然后就主动迎上前开口自我介绍说，他也是前来参加面试的，只是由于太过于粗心，忘记带钢笔了，问我们几个是否有带的，想借来填写"个人简历"表。

我们面面相觑。我想，本来竞争就够激烈的了，半路还杀出一个"程咬金"，岂不是会使竞争更加激烈吗？要是咱们不借笔给他，那不就减少了一个竞争对手，从而加大了成功的可能？我们几个有心灵感应似的你看着我我看着你，终于没有人出声，尽管我们身上都带有钢笔。

这时，我们5人当中有一个沉默寡言的"眼镜"走了过来，双手递过一支钢笔给他，并礼貌地说："对不起，刚才我的笔没墨水了。我掺了点自来水，还勉强可以写，不过字迹可能会淡一些。"

他接过笔，深情地握着"眼镜"的手，弄得"眼镜"感到莫名其妙。我们四个则轮番用各自的白眼瞟了瞟"眼镜"，不同的眼神传递着相同的意思——埋怨、责怪，甚至愤怒。因为他又给我们增加了竞争对手。

一转眼，规定的面试时间已经过去10分钟了，面试室却仍旧不见丝毫动静。我们终于有些按捺不住了，找到有关负责人询问情况。谁料里面走出来的却是那个似曾相识的面孔："结果已经见分晓，这位先生被聘用了。"他搭着"眼镜"的肩膀微笑着向我们做了一个鬼脸。

我们这才如梦初醒，可是已经太迟了。自私的我们只因为眼前的蝇头小利，丢掉了已经到嘴边的肥肉；"眼镜"却得益于他的无私,成了这次应聘中唯一的幸运儿。这次面试必将作为我们人生永恒的一课,影响着今后的生活。

 周士兴

做人做事小语

　　也许只是一个微笑,一次相扶,就会为自己赢得一方晴空。自私害人害己。如果我们也不喜欢自私的人,那么就从自己做起,从现在做起,做一个能为别人着想的人。帮别人搬走挡在路上的绊脚石,也是在为自己开路,帮助别人就是帮助自己。　　(赵氧)

给别人一把钥匙

　　给别人一把钥匙,就是为自己的心灵开启了一扇门。

　　19 世纪早期,在德国的一个小村庄里,坐落着一个庄石墙围起的古老教堂,里面有精美的雕刻、彩绘玻璃和一架华美的管风琴。管风琴向来以宽广的音域和饱满的音色被赋予"乐器之王"的美称。

　　这一天,教堂里正在干活的一位老管理员,忽然听到教堂避难所的橡木门上传来敲门声。他打开门,看到一位穿军装的士兵站在台阶上。

"先生，您可以帮我一个忙吗？"士兵说，"请允许我弹一个小时的管风琴好吗？"

"很抱歉，年轻人，"管理员回答说，"除了我们自己的风琴演奏者外，不允许外人弹奏它。"

"但是，先生，贵教堂的管风琴闻名遐迩，我远道而来，只为了能亲眼见到它，弹奏它，仅一个小时！"

老人犹豫了一下，悲伤地摇了摇头。

"好吗？"士兵请求道，"我的指挥官只允许我请假24小时。过几天我们将开拔到另外一个省，在那里将有一场残酷的战斗。恐怕这是我一生中最后一次弹奏管风琴的机会了。"

老管理员不情愿地点点头。他打开门，招手让士兵进来，然后从衣袋里取出一把钥匙递给他："管风琴锁着呢，这是钥匙。"

士兵用钥匙打开管风琴华丽的琴盖，然后弹奏起来，宏伟的音符如一排排波浪从管风琴金色的音管中翻腾而出。老管理员震撼了，他的眼中闪动着泪花，在门口的长椅上坐下来。

不到几分钟，教堂门口已经聚满了附近教区的村民，他们朝里窥视，纷纷摘下帽子踏进避难所来倾听，优美的旋律在避难所回荡了一个小时。拥有天才手指的风琴弹奏者完成最后一个音符后，双手从键盘上抬起。

士兵放下琴盖锁好，当他站起转过身来的时候，惊讶地发现教堂里坐满了人，村民们是暂停手中的活儿来听他演奏的。那个士兵谦逊地接受着人们的称赞，然后从过道中央走过，把钥匙归还老管理员。"谢谢。"年轻人感激地说。

老人起身接过钥匙，"谢谢你！"他一边回答，一边握住年轻士兵的双手，"这是我年迈的双耳听到过的最动听的曲子，请问，你叫什么名字？"

"我叫费利克斯·门德尔松。"

老管理员听到这个名字时，眼睛睁大了。眼前的这个士兵，20 岁以前就已经是享誉欧洲大陆最著名的作曲家了。老人注视着这个士兵离开教堂消失在村庄的小路上，他喃喃自语道："我差一点儿因为没有给他钥匙而错过这支美妙的乐曲！"

给别人一把钥匙，就是为自己的心灵开启了一扇门。常常给予别人一个力所能及的帮助，你将获得震撼心灵的回报。

 ［美］龙理·戴维斯　北　佳／编译

❀ 做人做事小语 ❀

善待他人，就等于帮助自己。虽然并不是每一次的帮助都能马上带给我们回报，但至少会在我们的心灵上留下更多慰藉。

（采　露）

树是一个长着翅膀的精灵，
它从种子的束缚中解放出来，
在未知的世界里追寻它生命的冒险。

第**2**辑

别被自己淘汰

很久以前，

有一位国王去一个很远的地方旅行。

因为路上坎坷不平，国王不停地抱怨脚疼。

于是他发布命令：用牛皮铺好他要走的每一条路。

但是牛皮的数量根本不足以铺满这些路。

这时，一位聪明的大臣提议："陛下，

您为何不剪两块小牛皮包在自己的脚上呢？"

国王恍然大悟，立刻接受了这个建议，从此皮鞋诞生了。

有些时候，我们觉得环境不好，想改变环境，

却忘记更需要改变的是我们自己，

是我们的内心。

正是这个弱点使我们停止了前进的脚步。

聪明的间谍

为了获得真正的自由，必须有意识地克制自己。

　　有一个间谍，被敌军捉住了，他立刻装聋作哑，任凭对方用怎样的方法诱问他，他都绝不为威胁、诱骗的话语所动容。等到最后，审问的人故意和气地对他说："好吧，看起来我从你这里问不出任何东西，你可以走了。"你认为这个间谍会立刻转身走开吗？不会的！

　　要是他真这样做了，他就会当场被识破是假装的。这个聪明的间谍依旧毫无知觉似的呆立着不动，仿佛对于那个审问者的话完全不曾听见。

　　审问者是想以释放他使他麻痹，来观察他的聋哑是否真实。一个人在获得自由的时候，常常会精神放松。但那个间谍听了依然毫无动静，仿佛审问还在进行，这不得不使审问者也相信他确实是个聋哑人了，只好说："这个人如果不是聋哑的残废者，那一定是个疯子了！放他出去吧！"就这样，间谍的生命保存下来了。

　　很多人都惊叹于这个间谍的聪明。其实，与其说这个间谍聪明绝顶，还不如说是他超凡的自制力在关键时刻拯救了他的生命，换回了他的自由。自制，顾名思义就是约束自己。看似不自由,殊不知,为了获得真正的自由,必须有意识地克制自己。

一位骑师精心训练了一匹好马,所以,骑起来得心应手。只要他把马鞭一扬,那马儿就乖乖地听他支配,而且骑师说的话,马儿句句都明白。

骑师认为用言语指令就可以驾驭住了,再给这样的马加上缰绳是多余的。有一天,他骑马外出时,把缰绳解掉了。

马儿在原野上驰骋,开始还不算太快,仰着头抖动着马鬃,雄赳赳地高视阔步,仿佛要叫他的主人高兴。但当它知道什么约束都已经解除了的时候,英勇的骏马就越发大胆了。它目若闪电,头脑充涨,再也不听主人的使唤,愈来愈快地奔驰在辽阔的原野上。不幸的骑师,如今毫无办法控制他的马了,他想用笨拙而颤抖的手把缰绳重新套上马头,但已经无法办到。失去羁控的马儿撒开四蹄,一路狂奔着,竟把骑师摔下马。而它还是疯狂地往前冲,像一阵风似的,路也不看,方向也不辨,一股劲儿冲下深谷,摔了个粉身碎骨。

"我可怜的马呀,"骑师好不伤心,悲痛地大叫道,"是我一手造就了你的灾难,如果我不冒冒失失地解掉你的缰绳,你就不会不听我的话,就不会把我摔下来,你也就绝不会落得这样凄惨的下场。"

做人做事小语

约束和自由,看起来是对立的两个词,但其实他们是和谐统一的。没有约束的自由不是真正的自由。有人因为所谓的"自由"触犯法律,但得到的却是更大的约束,甚至被剥夺了生命。自由不是放任,而是在一定规则下所享受的权利。　　(赵　航)

人性的弱点

先生，你确实是个天才，但很不幸，我还是发现你的作品有一处微小的瑕疵。

一个科学家得知死神正在寻找他，便利用克隆技术复制出了12个"自己"，想在死神面前以假乱真来保住性命。

面对13个一模一样的人，死神一时分辨不出哪个才是真正的目标，只好悻悻离去。

但是没过多久，对人性的弱点了如指掌的死神，想出了一个识别真假的好办法。死神又找到那13个一模一样的科学家，对他们说："先生，你确实是个天才，能够克隆出如此近乎完美的复制品。但很不幸，我还是发现你的作品有一处微小的瑕疵。"

话音未落，那个真的科学家暴跳起来大声辩解道："这不

可能！我的技术是完美的！哪里有瑕疵？"

"就是这里。"死神一把抓住那个说话的人，把他带走了。

做人做事小语

　　一句批评或者奉承的话往往会使人暴露出自己的弱点，科学家因此被死神认了出来。这个故事提醒我们，要看淡名利，在我们取得好成绩的时候，不要骄傲和自满，面对别人的夸奖要学会谦虚，面对别人的讥讽更要学会宽容。自己要始终了解自己的成绩和不足，并不断改进自己的不足，让自己不断地提升。

（赵　航）

被自己淘汰

朋友严肃地对我说："其实不是被赛车公司淘汰了，而是被自己淘汰。"

　　朋友从英国回来以后，反复地对我说起英国的赛车公司，让我很莫名其妙。

　　我问他为什么老是说起赛车公司，他说要不是被赛车公司淘汰掉，他现在已经被英国一家大公司聘为总裁助理并负责开发国内市场了。我继续莫名其妙，他只好把故事完整地讲给我听：

原来朋友在英国伦敦大学进修工商管理专业期间，曾经参与过伦敦大学的专业论文评选。朋友的论文被英国商界一些成功人士看好。英国皇家某大公司的总裁亲自点名要他参加该公司一年一度的职位竞选。我的朋友看完了该公司的简介以及空缺的职位以后，决定竞争较为激烈的总裁助理一职。

面试答辩等一些程序全部完毕以后，我的朋友和另外四个对手进入了最后的决赛。决赛分两个步骤，第一步是做上任第一天的工作安排。我的朋友在国内曾在某行政单位做过管理工作，朋友以他完美的思维和东方人的谦虚赢得了赞美，结果他和另一位年轻的选手胜出。第二步考查他们的内容竟是赛车，在接到那把车钥匙之前，我的朋友无论如何也想不到第二步考查的内容会是这样。朋友的车技不错，速度很快超过那位对手，但不幸的是他们的路线出现了堵车，朋友等了一会儿，看到后面对手的车也跟了上来，为了能尽快甩掉对手，他看了看地图，把车调回头去走另外一条路。结果是那位对手耐心等到了塞车结束，而我的朋友因为走得太远了，当他到达目的地时对手早已经到达。他被公司淘汰了。

那位总裁对他说："你的性格在驾车时已经流露出来，一个人耐心地等塞车通了，那么他在工作中即使遇到危机，也能理性地去解决。自我控制和有原则对于总裁助理这个职业很重要。希望你能明白你失败的原因。"

我对他说原来你被赛车公司淘汰了，朋友严肃地对我说："其实不是被赛车公司淘汰了，而是被自己淘汰。"我仔细想了一下，是这样。

❀ 中原渔人

做人做事小语

在生活和学习中，自我控制和坚持原则永远都是取得成功的重要因素。自我控制，就是在不断变化的环境中看清自己，使自己不被环境迷惑。坚持原则，就是不被他人左右。跟着别人走，只是重复别人的路，只有坚持自己的原则，走自己的路，才能实现自己的理想。

（赵　航）

病

如果一个人处心积虑要把所有的好处拢给自己，总有病了。

连术尔赤和一个极愚笨的人由于意外的原因，同时得到了命运之神的宠幸。命运之神说：我给你们一次中巨额奖金的机会，有花不完的硬通货。

连术尔赤有额外的要求：我比那笨人更多理性、智力，我应该在最后比他富有。命运之神勉强答应了。

愚笨的人果然有了横财，他只能就俗，宝马香车、美人红酒，曼联的主场包个贵宾席位，巴黎的餐馆备受尊敬，如此而已。中年以后，穷极无聊，成为赌场的常客。当钱所剩不多时，寿终正寝，结束了庸俗的一生。

连术尔赤在死的前一天中了一亿美元的六合彩。命运之神满足了他的要求。

这说明有时好处求得越多,死得越尴尬。

连术尔赤第二次和这个愚笨的人得到命运之神的宠幸,他再加上额外的要求:我要和那愚笨的人同样在年轻时富有,而且应该在最后比他富有。命运之神让他收回请求,未果,悲伤地答应了他。两个人同一天有了两亿美元。愚笨的人毫无创造性地当即过上了物质主义的生活,连术尔赤花了一天时间拟定他比愚人高妙千倍的花钱计划。第二天,他死了。命运之神再次满足了他的要求。

这说明有时好处求得更多,死得更悲惨。

命运之神宠幸他们的第三次,连术尔赤仔细思考了无缺憾的要求,以便使自己完全能占愚笨之人的上风,他说:我要和他同样在年轻时走运,终生比他有钱,而且长命百岁,这样,才能对得起我的智慧。命运之神马上允许了。

愚笨的人得到了 3 亿美元,聪明的连尔术赤得到一个精神病医生的护理。命运之神的一条准则据说是:如果一个人处心积虑要把所有的好处拢给自己,就有病了。

❋ 连 岳

🌹做人做事小语🌹

时刻保持一颗平常心,无论是在生活、工作,还是学习当中。看到别人拥有比自己更好的东西,不要处心积虑的非要得到不可;看到别人比自己的成绩好,也要有良好的心态,自己足够努力就行了。每天努力的同时保持一颗平常心,成功自然会靠近我们。

(赵 航)

500美元的教训

无论你是谁，如果不知晓法律，就会处处碰壁，时时遇麻烦。

今年五月初，我到美国马里兰州去探望叔叔。叔侄俩钓了一次鱼，也买了一次刻骨铭心的教训。

这天下午，我们闲着无事，叔叔便开车带我到距他家3公里之外的一个山湖去钓鱼。叔叔只携带了一支钓竿，领着我来到一个幽静的位置坐下来。我是个钓鱼发烧友，一见到钓竿手就发痒。于是便从叔叔的手中抢来钓竿要先试试。叔叔却连连摆手说："你没有钓鱼执照，不能钓，这就是我为什么只带一支钓竿的原因。"我却不以为然，在这深山野湖，又没人看见，管它什么执照不执照的呢？叔叔说："没人看见也不行。"他命令我做他的助手，给他脱鱼，上饵。

将鱼线甩入湖水中后，叔叔再次嘱咐："大侄子，我只有一根鱼竿，只买了一本钓鱼执照，执照上写的是我的名字，因此，从现在起，你千万不要碰鱼竿，否则一旦被警察发现了，那可是要被罚款的。"我点了点头。

叔叔是个钓鱼高手，他差不多每10分钟就能钓到一条鱼。我坐在他的旁边，帮他脱鱼，上饵。他时不时地嘱咐我，小

033

鱼和大肚子的怀孕雌鱼，都要放回湖里。我嘴上答应着，心里却这么想着，小鱼和鱼卵都是很好吃的，于是就自作主张，凡钓上来的鱼统统装入了塑料桶里。

太阳落山了，该回家了。我数了数，大塑料桶里已经装进了二十几条大大小小的鱼了。这时忽然驶来了一辆警车，跳下一男一女穿制服的警察，他俩径直朝我们走来。走到跟前时，先向我们亮了一下他们的警察证，表明他们是负责管理这里的森林警察，并和蔼地告诉我们，这是例行检查。然后问我们是否有钓鱼证。叔叔掏出钓鱼证给他俩看后，还立刻指着我向他俩解释道："这是我的侄子，只是一名旁观者，绝对没有碰过鱼竿。"警察先生点了点头，将钓鱼证与叔叔的身份核实之后，将目光转向装鱼的塑料桶。这时，只见他挽起袖子，伸手从塑料桶中捉出一条小鱼，警察女士从皮包里掏出一把尺子认真地度量起这条小鱼来，忽然惊叫道："啊，这么小，这么可怜！"警察先生接着又挑出一条大肚子雌鱼，警察女士又惊叫了："我的天，母子全被你害了！"

经过度量后，警察先生一脸严肃地说："你们钓上来的鱼，其中有 4 条体积过小，还有 2 条怀孕的雌鱼，按照法律规定，这些鱼上钩后要立即扔回水中，为什么没有照做？"叔叔听罢立即向我投以恼怒的目光。这时警察女士追着问道："你去领取钓鱼证时没给你一本《钓鱼须知》吗？"叔叔只好摇摇头。她马上走到车里，取出一本《钓鱼须知》，并结合里面的插图耐心地解释起来：你们钓到的 4 条小鱼其身体尺寸小于 10 厘米，属于鱼苗，还有 2 条是已经怀孕的雌鱼，按规定现在马上要扔回水里，遗憾的是其中一条鱼苗已经翻肚皮了，不得不对你们进行罚款。警察先生刷刷地填写了一张罚款单递给叔叔，并说道："去银行付款吧，你如果表示不服可以请律师。""随后他俩便驱车而去。叔叔拿着罚款单，一脸愁云。他叹了口气后责怪我："大侄子，假如在国内，我可以一切听你的，但是来到这里，你就必须听我的。你看，为这么几条鱼闯了这个祸，冤不冤？"我试着问被罚了多少，叔叔说是 500 美元。啊，我听后惊呆了，500 美元，就是几千多元人民币啊！

叔叔严肃地说："这还是次要的，如果光是罚，就是付 500 美元我也情愿，现在的问题是，这一不良记录输入了计算机，可就是一生的污点啊。以后不管到什么地方，看病或是坐飞机或是到餐馆就餐，人家一输入你的身份证号码后，就会看到这一不良记录。"叔叔说到这里非常难过。

我出了个"国内主意"："你去找个有脸面的人士说个情，就说我刚来，不知道这里的规矩。"他直摇头："在这里没有说情这个词，什么都讲法律，丈夫看电视球赛影响到太太睡觉，第二天太太都会告到法院。"

回家洗澡吃饭后，叔叔拿出一本《马里兰州钓鱼法》让我看。我翻了翻，有 12 页，共 7 章 63 条 145 款，约四五万字。以下是我看得懂的："钓鱼必须凭钓鱼执照；一人最多只能用两条钓竿；钓竿最长不得超过 4.8 米；丝线最长不得超过 19 米；不得用电动卷线钓竿；一支钓竿最多只能安两只鱼钩 钓钩上不得有倒刺；不准用蚯蚓、蜻蜓、小鱼、小虾等小动物作饵……脱鱼时不得脱裂鱼唇，过小的和怀孕的雌鱼要放回湖里。"

在所谓"过小的鱼"这项里，不同的鱼有不同的尺寸规定，有的按长度，有的按重量，有的按腰部周长等。

面对这部洋洋洒洒的《马里兰州钓鱼法》，我感到头昏眼花，但心里却很明白：在美国，无论你是谁，如果不知晓法律，就会处处碰壁，时时遇麻烦。

闻 宜

做人做事小语

"500美元"买来一个教训,也懂得一个道理。以后无论钓鱼还是做其他事情,都要遵守法律法规,不做违规的事情。同时,要有爱心,要目光长远些。就像钓鱼,出于爱心,保护小鱼和怀孕的雌鱼,那么小鱼会长得更大,而怀孕的雌鱼,会产出更多的鱼。

（赵　航）

想游泳的孩子

离诱惑远一点,最好的办法就是"管住自己"。

"儿子,"父亲命令道,"不要在那条运河里游泳。"

"好的,爸爸。"他回答。但那天晚上他回家的时候手里拿着一条湿漉漉的游泳裤。

"你去哪里了？"父亲问。

"在运河里游泳呢。"男孩回答。

"我不是告诉过你不要在那儿游泳吗？"父亲问。

"是的。"男孩回答。

"那你为什么还要那么做？"

"噢,爸爸,"他解释道,"我带着我的游泳裤,所以我无法抗拒那诱惑。"

"那你为什么要带着你的游泳裤？"他问。

"因为我准备，如果万一我受不了诱惑，我就游泳。"

做人做事小语

生活中出现的很多事物，我们很难全部准确判断哪些是有益的，哪些是有害的，甚至是致命的。离诱惑远一点，最好的办法就是"管住自己"，管住自己的嘴、手和腿。 （赵 赢）

猎杀神牛的船员

船体开始剧烈地摇晃起来，最后将全部船员掀翻到海水之中。

船从位于斯鸠利岩与卡吕布狄漩涡之间风大浪高的海峡中穿过，来到广阔的大海上。船员们身心疲惫，想休息一会儿。

现在，休息的地方似乎已经近在咫尺了，因为在船的前方出现了一个美丽的岛屿，船员们可以听到牛羊被人赶进牲畜栏时发出的叫声。但是船长尤利西斯突然想到盲人预言家的鬼魂曾在死亡之地警告他：如果他的船员在太阳神的岛屿宰杀吞食神牛，将全部死去。于是尤利西斯把这个预言告诉船员们，命令他们从岛边经过。大副尤吕洛克生气地说，船员们都累坏了，再也没有力气向前划了，必须上岸吃一顿晚饭，然后好好睡一觉。听尤吕洛克这样一说，所有的船员都异口同声地喊道他们不愿意再向前走了。尤利西斯无法逼迫他们从命，只能让他们发誓不要碰太阳神的神牛。他们很爽快地答应了，然后上岸，吃饭，睡觉。

晚上，起了大风暴，黑云与浓雾遮蔽了大海与天空，狂暴的飓风掀起大浪拍打在海岸上，此时什么船也无法出海。这样的天气整整持续了一个月。在此期间，船员们吃光了船上的粮食，喝光了船上的葡萄酒。在饥饿的驱使下，他们开始捕鱼，猎杀海鸟，然而由于海上风大浪急，他们所获甚微。尤利西斯一个人来到岛中央，向诸神祈祷。祈祷完毕，他发现了一个可以遮风挡雨的地方，并进去休息。

尤吕洛克趁尤利西斯不在，召集船员猎杀禁止触动的太阳神的神牛。尤利西斯醒来后，来到船边，闻到有烤肉的气味，明白了所发生的一切。他开始斥责船员，但是既然那些牛羊已经被宰杀，他们只好又吃了六天。随后风暴停息了，太阳又君临上界。于是他们扯起船帆，重新起航。但是他们的行为将要受到惩罚，当他们航行到看不到海岛的地方时，天上聚集起阴云，大风吹断了桅杆，桅杆砸死了舵手，闪电击中了船中央。船体开始剧烈地摇晃起来，最后将全部船员掀翻到海水之中。

只有尤利西斯用一根绳子把折断的桅杆与龙骨拴在一块儿，做成一个简易的木筏，被大风吹到了一个可以避风的小岛附近。

做人做事小语

贪图不属于自己的东西，即使强行占有，也必将付出昂贵的代价。就像故事中猎杀了神牛的船员，最终失去了自己的生命。现实中也是如此，贪婪的人终将走向堕落的深渊。　　　（赵　航）

别让嫉妒毁了你

如果让嫉妒占据了整个心胸，人生中便少了快乐，多了郁闷，甚至会伤人伤己。

一连几天，我的心情都不是很好。情绪烦躁，吃不香睡不好，不佳的心理状况直接导致我的健康每况愈下。我心里很清楚，我原本是很健康的，自从克里奇搬来和我成为邻居后，我就变成了现在这个样子。

克里奇和我开着一样的凯特汽车，没想到前不久他竟然买了一辆新的劳斯莱斯，那可是我梦寐以求的汽车啊！我知道自己的经济能力还没达到享受劳斯莱斯汽车的程度，但每天看着邻居神气的样子，我的心里实在不好受。

我的朋友莱克斯劝告我，养一只小狗吧，这样也许会让我慢慢好起来。莱克斯给我送来了一只小狗，小狗很可爱，名叫汤姆。我给汤姆买了很多好吃的香肠。刚开始的时候，汤姆还吃些香肠，自从见到了克里奇，它便再也不肯吃我买的东西了。

汤姆总是用爪子去敲克里奇的门，有一次克里奇给了它一根香肠，很快便被汤姆吃得精光。从此，汤姆几乎每天都会去克里奇家要一些食物来吃。这样过了一段时间后，克里奇只得摊开双手,表示他家里已经没有好吃的东西了。可是汤姆并不甘心,依然不停地用爪子去敲克里奇的门。于是克里奇只好拿出一些吃剩的冷面包。令我吃惊的是,连我给的香肠都不肯吃的汤姆,竟然会吃邻居克里奇给的冷面包!

莫非汤姆吃腻了好东西,喜欢上了冷面包?可是当我给汤姆冷面包的时候,它却连看都不看一眼!我实在没办法了,只好带着它敲开了克里奇的家门。我说:"克里奇先生,这只狗好像跟你很有缘,不如你就收养了它吧。"克里奇有些惊喜地问:"你是说,将汤姆送给我?"我说:"是的,因为它现在不吃我的东西,它只吃你的东西。"尽管我的心里很不愿意,但还是将汤姆送给了克里奇,克里奇高兴地收养了汤姆。

还没过几天,汤姆便用爪子来敲我的门。我给了它一根香肠,它很快便吃了个精光。当汤姆吃完了我买的所有香肠和狗粮后,我再也不想给它买任何吃的东西了。因为它已经不属于我,而属于我的邻居克里奇。

那天当我开车去上班的时候,我看到克里奇在后面追了上来。克里奇焦急地问:"您家里还有香肠吗?"我摇了摇头。克里奇接着问:"狗粮也没有吗?"我又摇了摇头。"那么,"克里奇再次问,"您家里难道连吃剩下的冷面包也没有吗?"

后来,汤姆还是被我的朋友莱克斯带走了。莱克斯告诉我,这是科学家最新试验出来的一种狗,因为给它加入了人类的嫉妒因子,所以它总是这山望着那山高,总以为别人的东西都是好的。朋友莱克斯送给我那只狗的用意实在很明显,也很让我汗颜。

我和邻居克里奇恍然大悟。我当即向克里奇道歉说:"对不起,我不应该嫉妒你的劳斯莱斯汽车。"令我意外的是,克里奇居然也向我道歉:"应该说对不起的是我,哈里先生。我嫉妒你家的房子比我的漂亮，所以我将自己原来的汽车外加一个后花园卖了，才买来一辆劳斯莱斯汽车，想让自己的心理得到一点平衡。"

俗话说，妒火烧身。如果让嫉妒占据了整个心胸，人生中便少了快乐，多了郁闷，甚至会伤人伤己。所以，如果想成功地驾驭人生这只在大海里飘荡的帆船，豁达的处世态度是非常重要的。

❋ 沈岳明/译

做人做事小语

一个人有多快乐，不是因为他拥有得多，而是因为计较得少，也就是故事中所说的豁达的处世态度。"如果让嫉妒占据了整个心胸，人生中便少了快乐，多了郁闷，甚至会伤人伤己。"

（赵 航）

坚持不懈，成功总会属于你

坚持是一种力量，是为了寻求迸发所做的自我蓄积。

传说很久以前，有两个人偶然与"酒仙"杜康相遇。杜康授他们酿酒之法，教他们选用秋熟饱满的黑糯米，调以冰雪初融时高山清泉的碧水，注入千年紫砂土制成的陶瓮里，再用初夏第一张看见朝阳的新荷叶覆紧，紧紧封闭七七四十九天，直到凌晨鸡叫三遍后方可启封。

像每一个神话传说里的英雄一样，他们历尽千辛万苦，找齐了所需的材料，把材料一起调和密封，然后潜心等待那个时刻。

多么漫长的等待啊，第四十九天终于到了。两人夜不能寐，等着鸡叫的声音，远远地，传来了第一遍鸡叫，过了很久，依稀响起了第二遍鸡叫。要等到第三遍鸡叫似乎太漫长了，其中一个再也忍不住了，他打开了陶瓮却一下惊呆了，里面的一汪水像醋一样又黑又酸！大错已经铸成，无可挽回，他失望地把它洒在了地上。

而另外一个，虽然也是按捺不住想要伸手，却还是咬紧牙关，屏气凝神坚持等到了第三遍鸡叫响起。多么甘甜清澈的美酒啊！只是多坚持了一刻而已。

做人做事小语

人的一生中难免要承受挫折和失败，面对这些打击，贵在坚持。坚持是一种涵养，坚持是一种勇气，坚持是一种力量，是为了实现自我的一种磨炼，是为了寻求迸发所做的自我蓄积；坚持也是一种境界，坚持就是胜利。

（赵 航）

后退两步的人生

许多时候，我们需要后退两步才能看清真相，才能海阔天空。

　　白天上班的时候，和同事为了一件工作上的事情争论得不可开交，最后两人闹得很不愉快。晚上回到家里，我还在生她的气。

　　吃过晚饭，我照例打开电脑进入我的电子邮箱，看到同事给我发过来一封信。我有些奇怪，白天才和她闹翻了，她晚上给我发邮件干什么？况且有什么事情，不能在办公室说呢？但我还是决定打开邮件，想看看她在信里说些什么。

　　随着我鼠标的点击，只听见"砰"的一声响，电脑屏幕上出现了一堆什么也看不清的乱码和马赛克，乱码上面还有一些大红的色彩。除了这些，别的什么也没有了。

看到屏幕上的这副景象，我是又惊又气。惊的是担心这是一封病毒邮件，我的电脑将可能遭到彻底毁坏；气得是她竟然这么"卑鄙"，用这种手段来报复我。

我当即拿起电话，准备痛骂她一番。既然她这么不顾同事之间的情谊，我对她又有什么客气可言呢。

就在我准备拨电话号码的时候，我看见刚才还是什么文字都没有的电脑屏幕，这时在右下角，却跳出一行字来："请后退两步，再看这封邮件。"

于是我后退了两步，再抬眼朝屏幕看去，发现了一个奇怪的现象：刚才我靠近电脑看到的那些乱码和马赛克，由于后退了两步，已经变成了清晰的"抱歉"两个字；刚才看到的那些大红的色彩，现在看去，原来是一个心的图案。我终于明白了同事这封邮件的含义：她是在用心向我道歉！

原来许多时候，我们需要后退两步才能看清真相，才能海阔天空。

✿俞 彪

🌹做人做事小语🌹

也许有不少人听过这样一句话：世上最宽阔的是海洋，比海洋宽阔的是天空，比天空更宽阔的是人的胸怀。一件小事，与其为了它去吵架不如忍耐一下。也许，坐下来，冷静地分析一下事情的来龙去脉，倒比瞪着眼，争吵来得实际。只要能用真诚炽热的心去对待别人，我们就会学会了珍惜友谊。

（赵 航）

先把泥点晾干

最好的办法是先把让我恼火的事搁在一边，晾一会儿，等我冷静下来后，再去对付它们。

德国军队向来以纪律严明著称。在一本德国老兵的回忆录中，我发现他们有条耐人寻味的军规：一名士兵可以检举同伴的错误，被检举人也有权反驳。但如果长官发现检举和反驳的士兵曾在近期发生过冲突，那么两个人都会受罚。发生过冲突的人至少要等一周，等情绪完全冷静下来后，才可以告对方的状。

读研究生时，我的导师吉纳也经常告诫我们，不要一时冲动，成了情绪的奴隶。有一年圣诞节，她送给我的礼物是一只咖啡杯，上面印着亚里士多德的一句名言："发脾气是值得赞扬的，如果你能做到：在适当的场合，向正确的对象，在合适的时刻，使用恰当的方式，因为公正的理由而发脾气。'

毕业后的一个雨天，我回系里探望吉纳教授。正赶上一名学生有急事要请教她，吉纳让我在外面的小客厅等她一会儿。小客厅和吉纳的办公室只隔了薄薄一道装饰墙，屋里的对话不时传进我的耳朵。那位同学声音激动。原来其他实验室的另一名研究生出言不逊，当众讽刺他理论过时、见解平庸，令他大为恼火。他不知道是该直接找那个学生论个明白，还是应该找对方的教授评理。他这次来，就是要征求吉纳的意见。

"年轻人，"我听见吉纳教授慢条斯理地说，"有时候，别人的言行是很难理解的。如果你不介意，让我给你一个小建议。批评和侮辱，跟泥巴没什么两样。你看，我大衣上的泥点，就是今早过马路时溅上的。如果我当时立即去抹，一定会搞得一团糟。所以我把大衣挂到一边，专心干别的事，等泥巴晾干了再去处理它，就非常容易了。瞧，轻轻掸几下就没事了。"

好恰当的比喻！老教授的处世智慧令人叹服。那个聪明的学生也顿时醒悟，连连道谢。吉纳最后说："我年轻时不善于控制情绪，深受其害。慢慢地我发现，最好的办法是先把让我恼火的事搁在一边，晾一会儿，等我冷静下来后，再去对付它们。如果你现在就去质问他，你会更生气，矛盾会更严重。我建议你等情绪的水分都蒸发掉了，再来想这件事。到那时，如果你还打算讨伐他，请再来找我。不过晾干水分后，你也许会发现那泥点也淡得找不到了！"

❀ 王　悦

🌹做人做事小语🌹

　　生活中，我们都有遇到麻烦的时候，不善于控制情绪，会把事情越弄越糟。所以，有人说，成功与失败都在于自己的心态。这话一点都不假，有时候，选择一种心态，也就是选择了通往成功的捷径！

（赵　航）

没有一件善事是渺小的

一天，大卫遇到一个因汽车抛锚而无法前行的人，
就热情地帮助了他，事后，大卫分文不取，
只是说："我不需要谢谢，
不过希望您答应我遇到别人身陷困境，也要伸出援手。"
那人欣然应允。大卫重复地做着助人之事，
一天他自己由于轮船出事而身陷荒岛，
奇迹般获救时，
他听到了陌生的救命人说出了最熟悉的一句话：
"我不需要感谢，
只是希望你以后能在别人身陷困境时伸出援手。"
不要吝啬你的善念，
你为别人燃烧的柴火最后温暖的可能就是你自己。

第三个愿望

我最后一个愿望就是让你亲眼看到女儿,看到她粉红的小脸和俏皮的小鼻子。

　　朱晓琳是个孤儿,读小学二年级。这天,当她得知参加学校的铜管乐队要交五百块学费,还要花一千块才能买到老师指定的长笛后,她只有放弃了。

　　没有家长接送,朱晓琳早就习惯了自己过马路,好在这所学校距离孤儿院只有三站地。这天放学后,朱晓琳正要过马路时,听到身边一个中年男人对她说:"孩子,我是个盲人,你可以领我过马路吗?"朱晓琳高兴地答应了。她牵着男人的手,边走边说:"你听到汽车轮胎轧路面的声音了吗?如果斑马线没有这声音,就证明是绿灯,可以放心地走;如果只有一侧有声音,那是转弯的车,要尽量小心些;如果几条车道都有声音,那是红灯,不能通行。"说完,朱晓琳领着盲人穿过了马路。盲人道谢,又问她能不能送自己到前面的小马路,过了小马路就是他的家。朱晓琳爽快地答应了。

　　两人边走边聊,朱晓琳问他是先天盲吗?男人说是。朱晓琳又问他是否有孩子?男人点头,说有一个五岁的女儿。

　　"真遗憾,你从没看到过她长得有多漂亮吧?我猜你最大的心愿一定是能够看她一眼。"朱晓琳说。

"嗯。我很想很想看她一眼。"男人一字一顿地说。

走出几十米，快到一条胡同口，朱晓琳说他差不多快到家了。这条路很窄，没有十字路，他可以顺着路走回去。

男人想请朱晓琳到自己家坐坐。朱晓琳拒绝了，回去太晚，孤儿院的阿姨会担心的。走了两步，她突然解下手上的一串风铃，对男人说戴上它，走到哪儿都会有人注意他。即使找不到家，也会有人帮他。说完，朱晓琳向男人道了声再见。

第二天，朱晓琳从学校出来，走到花坛边，又遇到了那个盲人。他再次请求朱晓琳送自己过马路。一路上，朱晓琳给男人讲着学校的事情，开心得像只小鸟。

男人问她很喜欢学校吗？朱晓琳说是的，她虽然不能参加学校的铜管乐队，可她能坐在礼堂外面听。昨天晚上，她用硬纸糊了一支长笛，也做出圆孔，一端缠上透明胶带。那是她的铜管长笛，能吹出好听的声音。

男人停住脚，问，你这么喜欢乐器？朱晓琳说是啊，想每天都听到。今天语文课上老师出了个题目，如果上天可以满足一个人三个愿望，她想知道每个人的愿望是什么。朱晓琳的其中一个愿望就和长笛有关。男人好奇，问她的三个愿望都是什么？

"第一个愿望就是让我的父母活过来，他们去世时我才五岁，现在我都想不起他们的样子了。第二个愿望就是我能得到一支长笛，参加学校的铜管乐队。第三个愿望嘛，"朱晓琳调皮地卖起了关子，"我不告诉你。"

男人摇摇头，说他猜得到。朱晓琳说他猜不到，因为和他有关。

"和我有关？"男人有些不解。

"是啊。昨天晚上，我想了很久，如果你能看到自己的女儿，该多高兴！所以，我最后一个愿望就是让你亲眼看到女儿，看到她粉红的小脸和俏皮的小鼻子。"朱晓琳大声说着，咯咯咯地笑了起来。

男人几乎是惊呆了，愣了半天，他才在朱晓琳的一再催促下往前走。

后来，朱晓琳再也没有遇到过那个盲人。

半年后，孤儿院接到电话，一家医院要为朱晓琳免费做手术，有人为她提供了一对眼角膜——几年前的一场大火，烧死了朱晓琳的父母，她的眼睛也失明了。

手术很成功，朱晓琳重新看到了这个世界。她出院那天，来接她的是孤儿院的阿姨和一对医生夫妇。这对医生夫妇愿意收养朱晓琳，只要她同意。朱晓琳高兴得哭了，她以为这辈子都会生活在黑暗里，可现在她又能看到了；她以为得在孤儿院待到十八岁，可现在她又重新有了父母；她以为得在盲校读完中学，想不到她可以转到普通学校了。

来到新家，沉默寡言的父亲和性情温柔的母亲为她准备好了一切。当朱晓琳看到一支铜管长笛放在她的书桌上时，她惊讶得叫出声来。抚摸着梦寐以求的长笛，朱晓琳又要高兴得哭了。母亲摇摇头，说她的眼睛刚刚恢复，不能总是哭。朱晓琳强忍着，把眼泪咽了回去。

躺在床上，朱晓琳觉得自己真是天底下最幸运的孩子。原来，上天是可以让人实现愿望的。她有了父母，有了长笛，只是，那个盲人呢？他是不是能够看到自己的女儿了？

这个答案，恐怕要等朱晓琳长大后才知道。半年前，她两次遇到的"盲人"，就是她现在的父亲。其实，他并不是盲人，而是某医院著名的心脏科专家。他两次接近朱晓琳，并扮成盲人的模样，只是想把朱晓琳骗到胡同口，再将她骗上车，然后带她远远地离开。

她是个孤儿，生命卑微得可以不引起任何人的注意。他的小女儿因先天性心脏病已经无法用药物治疗，除了移植心脏，没有别的途径。被即将失去女儿的痛苦折磨得要发疯的父亲，脑子里突然闪出一个罪恶的计划。他想起了曾收治过的盲童朱晓琳，她的血型和女儿相同，她的身体条件符合移植。只是，当他一次又一次接近她，却被她的善良深深感动了。尤其是听到她的第三个愿望时，他再也无法伸出罪恶的手。

小女儿去世前，父亲问她愿不愿意将自己的眼角膜捐给一位姐姐，让它们重新看到父母时，女儿答应了。她是个和朱晓琳一样乖巧的女孩。

这天晚上，朱晓琳做了个梦，她梦到了父母，梦到她参加了铜管乐队，还梦到了那个盲人。他回过头，微笑着对她说："你的三个愿望都实现了，我看到了自己的小女儿……"

 毛汉珍

🌹做人做事小语🌹

为他人着想，让别人感受到来自于我们的关爱，当我们遇到麻烦时，自然会有人伸出援助之手。这种美德，既能帮助别人，又能保护自己。

(倪玮琳)

当天使很忙的时候

在别人最需要的时候帮他们一把，乐于助人，懂得分享，就是人见人爱的小天使了。

　　我的日子糟糕到了极点。曾经发誓要一生一世对我好的丈夫，两个月前突然销声匿迹，抛下了我和3个孩子。我的收入本来就少得可怜，下个月的房租，我肯定是付不起了，孩子们吃饭也将成为问题，生活看来难以维系。万般无奈之下，我给远在加州的父母打了个电话。我有些担心，后悔自己5年来一次也没有联系过他们。听说了我的遭遇，母亲催促我说："孩子，马上回来吧，这儿永远都是你的家。"

　　我把所有的家当都塞进自己的那辆破车里，带上孩子们，立刻出发了。我对孩子们说，我要带他们去和外公外婆一起过圣诞节。从堪萨斯州开车到加利福尼亚州，是一个漫漫征程，尤其在这天寒地冻的时节。到科罗拉多州境内的时候，气温变得更低，带的干粮也吃完了，孩子们在车后座上冻得直打哆嗦。没跑多久，油表的指针就快指到了零。我在高速公路旁的一个加油站停了下来，准备加点儿油，孩子们希望我能在便利店里买点儿吃的。等我去掏钱包的时候，我突然感觉天塌下来了，我的钱包不见了！天知道，它是被偷了，还是被我丢在了哪个角落。我搜遍了全身的口袋，才找出 5 美元。总不能就待在这儿吧，我决定先加一点儿油再说。留下打一个电话的钱，我把剩下的 4.95 美元都用来加了油。

我从收款处出来，捏着 5 美分的硬币，就像捏着一件宝贝。对我来说，它从来没有像此时这样珍贵过。也许地上有冻冰的缘故，快到车旁时，突然脚下一滑，我重重地摔倒在地上。我再也克制不住自己的感情，坐在地上，泪水像断了线的珠子一样往下掉。

"你还好吧？需要帮忙吗？"忽然有个声音在我耳边响起。

我抬起头，看见一位女士站在我面前，关切地望着我。她穿着一身职业装，大概是下班回家，路过加油的。

"没什么！"我擦了擦眼泪。我的样子一定难看极了：眼圈儿黑黑的，脸上泪痕斑斑，憔悴不堪。

那位热心的女士扶我站起来，并把我跌倒时滑掉的硬币捡起来递给我。"我不想让孩子们看见他们的妈妈在哭！"我挤出一丝微笑说。

那位女士把身子挪了一下，挡在了我和车子之间。"我猜你一定遇到什么困难了！"她肯定地说。

"是很糟！"我把自己的遭遇简单地跟她说了一下，当时并没有奢望能得到什么帮助。没想到她拿出自己的信用卡在加油泵的读卡机上刷了一下，给我的车子加满了汽油。我几乎不敢相信眼前发生的事情。

加完油，那位好心的女士让我稍等片刻，转身跑进旁边的快餐店。回来时，她怀里抱着两大袋吃的，手里还端着一大杯热气腾腾的咖啡。我的几个孩子可能已经饿坏了，接过东西，便狼吞虎咽地吃起来。

临走时，好心的女士把她的手套脱下来，给我戴上。轻轻地拥抱了我一下说："多保重，路上注意安全。"

我感动得哭出声来。"你真是一位天使！"

"我们都有遇到困难的时候。"好心的女士微笑着说，"每年这个时候天使都很忙。但有时，凡人也会来做这些事情。"

丁 方

做人做事小语

在西方文化中，天使是善与美的化身，它惩罚坏人，帮助善良和贫苦的人，深受人们的喜爱。生活中，想受人喜欢并非难事，只要在别人最需要的时候帮他们一把，乐于助人，懂得分享，就是人见人爱的小天使了。

(倪玮琳)

送给约翰的礼物

让他们吃惊的是，他们的邻居、约翰的小伙伴、治疗医生以及太多陌生人竟然一起候在机场迎接他们的归来！

几秒钟时间里，约翰的世界突然一片漆黑。

那是一场足球比赛，12岁的约翰正在带球飞奔，可突然只听到周围的声音，却什么也看不见。父亲听后脸色立刻就变了——父亲学过医，他知道突如其来的短暂失明对一个孩子意味着什么。

繁琐的检查在一个月以后有了结果，医生告诉约翰的父亲，约翰极有可能在剩下的一年里慢慢地失明。当然这只是通过以往经验来判断的，医生说，坚持治疗的话，也许会有奇迹。

可奇迹似乎永远不会发生。约翰的视力一天比一天差，但他和父亲仍然坚持去看医生，医生仍然用最好的技术为他治疗。可是每个人都知道，约翰的世界终将一片黑暗。

父亲把消极的话小心翼翼地说给约翰听，出乎意料的是，约翰表现出让人不可置信的乐观和坚强。他仍然坚持上学，坚持踢球，坚持和父亲开各种各样的玩笑。尽管面前像飘着一团雾，尽管他时时短暂性地失明，但至少在现在，他还可以看得见眼前的世界。

可是那一天，突然，他无限忧伤地对父亲说，我真的好想踢一辈子足球。

父亲说你可以踢一辈子足球……有盲人足球比赛，类似于你们的射门训练或者点球决战……你肯定能够成为最优秀的盲人球员。约翰说可是我不能在老体育场踢球了，新的体育场半年以后才竣工，我真的很想看一眼我以后将要训练和比赛的地方。

父亲伤感无语——他也知道约翰的愿望不可能实现。用不了半年，约翰就将彻底失明。

父亲终于决定放弃治疗。他要带12岁的约翰到处走一走，将世界尽可能留在约翰的记忆中。他为约翰制定了四个月旅游计划，四个月的时间里，约翰将见到很多人一生都难得一见的风景。

他们几乎到过全国所有的地方，那段时间约翰玩得非常开心。可约翰的病情也在一天天地恶化,他们只能加紧行程。四个月的时间里他们只和约翰的治疗医生通过几次电话,除此以外,他们似乎彻底忘掉了那个小城——约翰将会在那个小城生活一辈子,在那个小城的黑夜里生活一辈子,他必须珍惜生活留给他的越来越少的光明。

四个月以后,父亲和约翰回到小城。让他们吃惊的是,他们的邻居、约翰的小伙伴、治疗医生以及太多陌生人竟然一起候在机场迎接他们的归来! 他们说要带约翰去看一件特殊的礼物,那件礼物,是所有小城居民一起送给约翰的。

那是一座全新的体育场。

那本该在两个月后才可建成,然而为了即将失明的约翰,他们却将竣工的时间,不可置信地提前了两个多月!

工地负责人偶然得知了约翰的病情,决定一起为这位 12 岁的男孩做点什么,可修建一座体育场绝非盖一座房子那么简单。后来,总负责人也决定加入到这件事情中来。于是他们一起找到市长,希望通过市长的能力,将体育场的竣工时间尽可能提前。

但市长也不能拍板,不过他决定为这个小男孩试一下。他找到投资方,找到体育场的设计师,找到所有与这个体育场有关的人,寻求他们的帮助。最后得出的结论是,只要增加工作人员和工作时间,这个体育场完全可以提前两个月建成。只是这会打乱最初的计划,花费也远远超过预算。并且,问题的关键是,假如工期提前两个月,整个工地必须 24 小时持续不断地施工——夜里施工,是会扰民的。这当然需要小城居民的同意和支持。

市长决定寻求电视台和电台的帮助。他告诉市民,有一位 12 岁的男孩即将失明,男孩唯一的愿望就是,在他的世界彻底变得黑暗以前,看一看以后他将训练和比赛的体育场。就说了这些,他认为这些足够了。工人们在工地前扯起一个个巨大的条幅,令人不可思议的是,那些条幅在五天时间里得到接近十万个签名!而这个小城,不过区区十几万人口!很多人在签名以后并不急于离去,他们说,如果我愿意留下来,能不能替体育场和那个男孩做点什么?

于是,工地上的工人增加了一倍,他们夜以继日地工作,只为实现一个即将失明的男孩的心愿。体育场终在约翰归来的前一天建成,入口处挂着一个巨大的条幅:我们送给约翰的礼物……

那是十几万市民的礼物啊,那是十几万颗金子般的心啊。

❋ 周海亮

做人做事小语

能够帮助别人实现愿望,自己也会感到快乐。我们把爱心奉献给那些需要帮助的人,营造一个相互关心,相互帮助的温暖社会。这样,他人生活得更美好,我们也会生活得更有意义。

(倪玮琳)

暖

"那为什么要两双呢？"我更加好奇了。

　　初春某个假日的下午，我在储物间整理一家人的冬衣。9岁的女儿安娜饶有兴致地伏在不远的窗台上向外张望，不时地告诉我院子里又有什么花开了。

　　这时，我无意中在安娜羊绒大衣两侧的口袋里各发现一副手套，两副一模一样。

　　我有些不解地问："安娜，这个手套要两副叠起来用才够保暖吗？"安娜扭过头来看了看手套，明媚的阳光落在她微笑的小脸蛋上，异常生动。

　　"不是的，妈妈。它暖和极了。""那为什么要两双呢？"我更加好奇了。她抿了抿小嘴，然后认真地说："其实是这样的，我的同桌翠丝买不起手套，可是她宁愿长冻疮，也不愿意去救助站领那种难看的土布大手套。平时她就敏感极了，从来不接受同学无缘无故赠送的礼物。妈妈买给我的手套又暖和又漂亮，要是翠丝也有一双就不会长冻疮了。所以，我就又买了一模一样的一副放在身边。如果装作因为糊涂而多带了一副手套，翠丝就能够欣然戴我的手套。"孩子清澈的双眸像阳光下粼粼的湖水，"今年翠丝的手上没有冻疮。"

我欣慰地走到窗边拥抱我的小天使，草地上一丛丛兰花安静地盛开着，又香，又暖。

❋ [美]朱易丝·安瑞森/编译

❧ 做人做事小语 ❧

帮助别人是出于好心，但好心也要有恰当的方式。我们要学着去体会如何帮助别人而不让他受到伤害，应多想想对方的感受，让我们的帮助显得更加体贴和周到。

（倪玮耿）

9 岁的圣诞老人

圣诞老人不仅活着，而且活得很好。我们都是他的助手。

我还记得和祖母度过的第一个圣诞。那时我还是个孩子，骑着自行车风驰电掣般穿过城镇，去找我的祖母。因为我的姐姐对我说："根本就没有圣诞老人！"这句话对我而言无异于晴天霹雳。她还嘲笑说："就连傻瓜都知道！"

我祖母是个痛快人，从不会说谎。那天我飞奔到她那儿是因为我知道她会告诉我真相。她总是实话实说的，特别是配上她举世闻名的桂皮面包，实话会更为中听。

祖母在家,面包还冒着热气,她正等着我呐!我一边大口大口嚼着面包,一边把事情一五一十地告诉她。

"没有圣诞老人?!"她嗤之以鼻,"胡说八道!别相信那个。这谣言已经流传好多年了,都快把我逼疯了,彻彻底底地逼疯了。现在穿上你的大衣,我们走。"

"走?去哪儿,奶奶?"我问。我的第二块桂皮面包还没有吃完呐。

祖母说的"那儿"原来是指克比百货店,这是镇上唯一一家有点百货相的商店。我们走进商店大门,祖母递给我10美元,在那时这可是一大笔钱呢!"拿着这钱,给需要的人买点东西。我在汽车里等你。"说完她转身走出了克比百货店。

我只有9岁,常和母亲一起购物,但自己做主买东西还是第一次。商店里又大又拥挤,满是圣诞购物的人流。好一会儿,我只是呆呆地站在那儿,手里拿着10美元,绞尽脑汁地想买什么东西,给谁买。我把我认识的人一一想了个遍:我的家人、朋友、学校里的伙伴,还有一起去教堂的人。当我突然想到波比·德克尔的时候,我有了主意,他是一个有口臭、头发蓬乱的孩子。在波拉克夫人的三年级班上,他坐在我的正后方,波比·德克尔没有大衣,他从不在冬天课间出外运动。他母亲总是带口信给老师说他感冒了,但所有的孩子都知道他没有感冒,他只是没有大衣。我手里捏着10美元,渐渐地激动起来,我要给波比·德克尔买一件大衣,我选中了一件红色灯芯绒带风帽的,它看起来够暖和,他会喜欢的。

"是给谁的圣诞礼物吗?"我把10美元放在柜台上,柜台后的售货员和蔼地问。

"是的,"我腼腆地答道,"是给波比的。"

那个漂亮的售货员冲我笑了笑,把大衣包好,然后祝我圣诞快乐。

那天晚上,祖母帮我把大衣用玻璃纸和彩带包好,然后在上面写上"给波比,圣诞老人"。祖母说圣诞老人总是要保密的,然后她开车带我去波比家,她解释说这样做以后我就成为圣诞老人的正式助手了。

祖母把车停在波比家旁的街上,她和我悄无声息地潜行到波比家旁的灌木丛中藏好。祖母推了我一把:"好了,圣诞老人。"她低声说,"去吧!"

我深吸了一口气,冲到波比家的前门,把礼物放在台阶上,按响了门铃,然后飞快地跑回灌木丛,和祖母安全地在一起。我们在黑暗中屏息等待着,门打开了,波比站在那儿……

时光已经过去 40 年了,但当时和祖母一起守在波比家门前灌木丛中的激动和兴奋丝毫没有褪色。那天晚上我认识到,那些关于没有圣诞老人的可恶的谣言就像祖母说的那样是"胡说八道"。圣诞老人不仅活着,而且活得很好。我们都是他的助手。

[美]苏珊·帕威尔　雪舞飘/编译

做人做事小语

生活中,每一个人都可以成为圣诞老人的助手,只要我们在自己的能力范围内献出一点点爱,在接受圣诞老人送来的礼物的同时,送出对别人的真挚的帮助,我们就会成为圣诞老人最得力的助手,这个世界就会更美好。

(倪玮琳)

天使的一百封来信

这段日子我很乖，也很充实，这一切都是因为你们。你们就是真正的"天使"。

汉威生来就是个白血病患者，所以他不得不经常离开校园去医院。

汉威似乎明白自己的病情很严重。在医院时，汉威从来不与别人交流，总是目光呆滞地望着窗外，一副愁苦的样子。

汉威的妈妈见儿子如此，也非常难过，她知道儿子的时间不多了，唯一的心愿就是让儿子在有生的日子里过得愉快些。

这天，同在医院治病的艾米丽要出院了，汉威的母亲来祝福艾米丽和她的母亲，她们在医院的时候相处得很好。艾米丽住院时很活跃，为病人带去了不少快乐。汉威的母亲向她们道别的时候，艾米丽看着汉威的母亲失魂落魄的样子，知道她是因为看着住院的人一个个康复离开，汉威却仍然整天郁郁寡欢而难过。

艾米丽是个聪明的女孩，她说："我有一个办法，或许能给汉威一点帮助。"汉威的母亲听了很高兴。

这天，母亲微笑着走近汉威，对他说她知道了一种药方可以治他的病，汉威高兴地蹦了起来。在他内心深处，依然渴望着回到校园，因为那里才是自己的天堂，所以，他希望自己能很快好起来。

母亲对汉威说："在遥远的东方,有一百位天使,他们是东方的圣使, 如果你能够坚持给他们写信,他们被你的诚心感动,并且每位天使都给你回一封信的话,你就会得到治病的药方。这是我从别人那里听来的,并且那些人已经成为受益者。"

汉威半信半疑,但在母亲的鼓励下,他摊开信纸,在上面写道:圣洁的天使,我是一个不幸的孩子。你能帮助我吗?

汉威把信交给母亲,母亲拿到镇上邮走了。一周后,母亲高兴地告诉汉威,天使回信了。打开信,里面这样写道:孩子,你要相信自己,相信自己能够好起来,这一点是最重要的。

从那以后,汉威慢慢变得开朗起来,他愿意去做原来懒于去做的一些事情,他的忧郁慢慢被稀释,身上的阳光一天天多起来。

他一连给天使去了好几封信,在信里,他介绍自己生活中的情况,并讨要治病的药方。天使回信告诉他:孤独对治病是最不利的,希望你能够振作起来,去帮助那些需要帮助的人。

汉威出院了。当然,这种病是没法治愈的,去医院只不过让他在病情严重的时候得到些许缓解。然而这次出院后,汉威的母亲却能感到,汉威明显地改变了。

汉威开始到镇上义务打扫街市卫生,在这以前,小镇终年没有义务打扫卫生者。然而汉威却打破了这个局面,有些人开始参与进来,因为他们看到,每天清晨,一位个头矮矮的义务工清扫每家门前的袋子、香蕉皮等杂物。汉威开始感染这里的每一个人。

天使又来信了,信上说他们已经知道汉威所做的一切,称赞他做得很好,他们正在联手寻找能够医治他的病的药方,相信在不久的将来,就能找到。

汉威的脸上开始绽放笑容,原本内向的他开始主动与人交往,还经常跑到镇上的孤儿院里,微笑着劝那些可爱的、无家可归的孩子要学会坚强。在他的眼里,这些孩子比自己还要可怜,他至少还有母亲,还有一个家,可这些孤儿们却有许多痛苦的记忆,这些伤疤藏在他们内心深处,一辈子跟随着他们。

许多人开始与这个孩子交朋友,不少人开始向汉威和他的母亲施以援手。

然而,病魔还是在一步步地逼近年幼的汉威。在收到天使的第九十九封信的那天,汉威忽然倒在了去孤儿院的路上,再也没有起来。

汉威的葬礼上,小镇上几乎所有人都来了。与此同时,在另一个城市,有一百个可爱的孩子,在艾米丽的带领下,赶到了现场。一个孩子拿着一封信,眼含热泪,难过地对汉威的母亲说:对不起,我没有赶上写最后一封信,并且,我们也没有找到最好的药方。

汉威的母亲对他说:"不,孩子们,谢谢你们了,在汉威最后的日子里,是你们让他摆脱了阴霾,你们送给了他温暖、友情,让他不再孤独,这已经是最好的药方了!"

原来,家在另一个城市的艾米丽,和汉威的母亲分离前,给了她这样一个建议:为了帮助汉威平静、安详、幸福地度过生命中的最后时刻,她可以发动她学校里的一些同学,让他们给汉威写信,每次挑出一封写得最好的信给汉威,这样或许能让汉威快乐一些。但艾米丽说,只是,我不知道会有多少同学能参与进来。

汉威的母亲说,为了让更多的人参与,她愿意付一枚硬币奖励那个写得最好的孩子。于是,就有了"天使"的一百封来信。

最后,汉威的母亲给大家念了汉威的最后一封没来得及发出的信。信上说:

如果我没能再起来，这就是我最后一封写给天使的信了。我其实早就知道，"天使"的来信不是真的，毕竟谁也没见过天使。而且我在读第二封来信时，就发现了一个错别字，天使会犯错吗？我还发现，很多来信的字迹都不同。所以我肯定这不是天使写的。

尽管如此，我仍然很高兴，因为能被陌生的人们惦记和关心，是一件很幸福的事。我感觉我的时间不多了，但我在世界上生活过，体会了人间的温暖。这段日子我很乖，也很充实，这一切都是因为你们。你们就是真正的"天使"，给我带来了愉快的时光。我会在天国里祝福你们的，希望给我写信的每一个"天使"，每天都能像天使般快乐。

信读完了，人群里一片哭泣的声音。

汉威安详地躺在鲜花丛中，旁边散落着一百枚银光闪闪的硬币。

✹ 百保祥

🌹做人做事小语🌹

人世间最宝贵的是什么？法国作家雨果说得好——善良。一个人可以没有让旁人羡慕的优异成绩，也可以忍受"缺金少银"的日子，但离不开善良，因为善良是生命的黄金。我们身边也许不会遇到像"汉威"那样特别的事情，但总会有许许多多的小事情，需要我们成为"天使"。不要吝啬我们的善良，那就像一粒粒种子，会长出妆扮世界的美丽花朵。

(倪伟琳)

常常想起他

莫轩迎面走来，看到我盯着他的卷子看，顿时变得有些尴尬，脸涨红了。而我，却什么都明白了。

　　小学的六年时光如过眼烟云，弹指之间，已经一去不复返了。那时的点点滴滴，在脑海中已渐渐模糊，慢慢进入了封存的记忆。唯有他，却常常被想起，依旧让我记忆犹新。

　　四年级时，我妈妈下岗，爸爸重病在家，家中的经济条件顿时变得拮据了起来，支出常常都是以角作单位。那每月两百多元的学费对我们来说几乎就是个天文数字。学校了解情况后，减免了部分学杂费，而且说如果期末考试拿到全班第一的话，下学期的学费也可以免去。

　　可是考班级第一谈何容易。班里好学生很多，几乎是整个年级的精英都集中在了我们班。其中就有他。

　　他叫莫轩，是班长，人长得很干净，嘴角总是挂着一抹微笑。他成绩也很棒，考试从来都是名列前茅。而且，莫轩从来不发脾气，在同学中很有人缘。

　　为了省下一个学期的学费，我加倍努力刻苦学习，在几次小考中都取得了不错的成绩，可是第一名却从来都是他。可能是心中对他的好成绩有所排斥，我对他的帮助从来都是冷眼相待，平时跟他说话也相当尖酸刻薄。他却从来不计较地笑笑，但在我眼中却是别有心计。

转眼间，期末考试到了。尽管作了充分的准备，我却还是在前两科语文和英语的考试中被扣掉了 5 分，屈居班内第二。第一名，当然是莫轩，满分。

要在数学考试中超过他几乎是不可能，不过现在看来，只有那一线希望了。

几天后，数学成绩下来了。我坐在位子上，两眼茫然。试卷不难，他得满分肯定没问题。

"麦依，100……莫轩，94……"

我脑中顿时炸开了，我居然比他高 6 分，这么说，学费就可以免了！我如释重负地笑了。转眼看了看莫轩，问"你还好吗？"

"还好。"他还是那样笑着。

下课后，我去老师办公室领卷子。翻找时，看到了莫轩的数学卷子。

大略一扫，目光锁定在了最后一道应用题上，6 分。

他做出来了，答案也是正确的，可是却被他用笔坚决地、重重地划去了。

莫轩迎面走来，看到我盯着他的卷子看，顿时变得有些尴尬，脸涨红了。

而我，却什么都明白了。

后来，我们成了很好的朋友。

毕业后，一次同学聚会上，我向他问起了这件事。

"我想帮你。"他答得很平静。

"那为什么不在前两次考得低一点呢？"

"失望后的喜悦会翻倍，我想让你更加快乐。"

他笑了。我也笑了，眼中却蒙上了一层雾。

现在，分别已经一年多，却还是常常想起他，想起他那温和的微笑，想起他那平静的话语，想起他那颗善良，而又细腻的心。

❋ 麦　依

🌸做人做事小语🌸

可以说，这是一段被隐藏起来的友情，它如一股扑面而来的清香萦绕在"我"的周围。为了帮助"我"实现减免学费的愿望，莫轩悄悄地牺牲着自己。这种行为让"我"明白，真正的美是从心灵深处来的，它是善的代名词。这样的美，才会热烈而持久。

（倪玮琳）

上帝也会装着没听见

对于因为仁慈而说出的谎言，只怕上帝也会装作没听见。

1848 年，美国一个安静的小镇上，一声刺耳的枪声划破了午后的沉寂。刚入警察局不久的年轻助手听到枪声后，就随警长匆匆奔向出事的地点。

一位青年人被发现倒在卧室的地板上，身下一片血迹，右手已无力地松开，手枪落在身旁的地上，身边的遗书笔迹纷乱。他倾心钟情的女子，就在前一天与另一个男子走进了教堂。

屋外挤满了围观的人群，死者的六位亲属都呆呆伫立着，年轻的警察禁不住向他们投去同情的一瞥。他知道，他们的哀伤与绝望，不仅因为亲人的逝去，还因为他们是基督教徒。对于基督教徒来说，自杀便是在上帝面前犯了罪，他的灵魂将在地狱里饱受烈焰焚烧。而风气保守的小镇居民，会视他们全家为异教徒，从此不会有好人家的男孩子约会他们家的女孩子，也不会有良家女子肯接受这个家族的男子们的戒指和玫瑰。

这时一直沉默着双眉紧锁的警长突然开了口："这是一起谋杀。"他弯下腰，在死者身上探摸了许久，忽然转过头来，用威严的语调问道："你们有谁看到他的银挂表吗？"那块银挂表，镇上的每一个人都认得，是那个女子送给年轻人唯一的信物。人们都记得，在人群集中的地方，这个年轻人总是每隔几分钟便拿出这块表看一次时间。在阳光下，银挂表闪闪发光，仿佛一颗银色温柔的心。所有的人都忙乱地否认，包括围在门外看热闹的那些人。警长严肃地站起身："如果你们谁都没看到，那就一定是凶手拿走了，这是典型的谋财害命。"死者的亲人们号啕大哭起来，耻辱的十字架突然化成了亲情的悲痛，原来冷眼旁观的人们也开始走近他们，表达慰问和吊唁。警长充满信心地宣布："只要找到银表，就可以找到凶手了。"

门外阳光明媚，六月的大草原绿浪滚滚，年轻助手对警长明察秋毫的判断钦佩有加，他谦虚地问道："我们该从哪里开始找这块表呢？"警长的嘴角露出一抹难以察觉的笑意，伸手慢慢从口袋里掏出一块银表。年轻人禁不住叫出声来："难道是……"警长看着周围广阔的草原依然保持沉默。"那么他肯定是自杀。你为什么硬要说是谋杀呢？""这样说了，他的亲人们就不用担心他灵魂的向往，而他们自己在悲痛之后，还可以像任何一个基督教徒一样开始清清白白的生活。""可是你说了谎，说谎也是违背十诫的。"警长用锐利的眼睛盯着助手，一字一顿地说："年轻人，请相信我，每个人的一生，比摩西的百倍还重要。而一句因为仁慈而说出的谎言，只怕上帝也会装作没听见。"

是啊！上帝在对我们进行判断的时候，决不只看我们在怎样说或怎么做，而是在乎我们为什么这样说和这样做。对于因为仁慈而说出的谎言，只怕上帝也会装作没听见。

✳ ［美］威廉·贝纳德

🌹做人做事小语🌹

有人说，善意的谎言与诚信相违；有人说，善意的谎言与原则相离。也有人说，善意的谎言是纯真友情的遮阳伞，微风因为善意而愈加清凉。是的，必要的时候，一些善意的谎言，能化解彼此间的矛盾，能抚平滴血的伤口，能让我们以及我们周围的人生活得更美好。

（倪玮琳）

还原善良的本来模样

清醒后的老人，开口说的第一句话竟是"要感恩，不要赔偿，善意都是美好的，不要伤了好人的心"。

故事发生在加拿大魁北克省的一个小城。

一个风雪飘飞的傍晚，寒冷和积雪让往日川流不息的马路变得静谧而安详。在风雪的簇拥中，一辆白色的轿车像年迈的老人慢慢地向前蠕动，车上的鲁尼兹小心翼翼地驾驶着，他接到了儿子高烧住进医院的电话，作为父亲他必须马上赶到医院，守候在儿子身边。他心急如焚又全神贯注。走出不远，鲁尼兹便看到在前边不远处，有一个蹒跚的身影在晃动。善良的鲁尼兹似乎连想都没想，就把车子缓缓地停在那个身影旁边。"请问，需要我的帮助吗？"他探出头大声地问道。

上车的是一位六十开外的老者，说前面不远处的农场就是自己的家，上午出来办事，没有想到回来时，公交汽车因雪大停运了，只好徒步走回去。

主动搭载与人方便对鲁尼兹来说是再寻常不过的一件事了，可他没有想到这一次的善举却非比寻常。

车在一个长长的陡坡上滑行，迎面有一辆轿车喘急着踉跄驶过来，鲁尼兹下意识地开始踩刹车，然而，意想不到的事情发生了,车像醉汉一般,固执地调转车头,向路边撞去,一头撞在一棵大树上。

等鲁尼兹醒来,他已经躺在医院里,所幸,他只是断了两根肋骨,脑部受到震荡。他急于知道老人的情形,护士告诉他,老人做了开颅手术,还在昏迷中。鲁尼兹心里猛地一沉:他的好心,竟会给老人带来如此深重的重创!这是他没有想到的,他又想起自己不太富裕的家庭,他不知该如何应对这场突如其来的灾难。

老人的家人来了,很友好地握了鲁尼兹的手,安慰并感谢他,感谢他在风雪中对老人的帮助。即便如此,老人的家人请来的律师还是如期而至,按照当地的法律,鲁尼兹要为自己的过失负责,承担老人百分之七十的医疗费。

那一年的冬天似乎特别的寒冷,鲁尼兹觉得心像浸在寒冷的冰雪里,不知什么时候能走出这长长的冬季。

老人在沉沉昏睡了二十多天后奇迹般地醒过来了。谁也没有想到,清醒后的老人,开口说的第一句话竟是"要感恩,不要赔偿,善意都是美好的,不要伤了好人的心"。家人愣住了,接着,律师也怔住了。继而,小城里的人都被震住了,老人的肺腑之言在人们心里引起了共鸣。小城被感动了,人们纷纷走上街头,打着"让善意不再尴尬"、"拯救爱心"的条幅,为仁慈的老人募捐。一时间,爱心像空中飘飞的雪花纷至沓来,收到的善款之多,超出了人们的想象,更令人钦佩的是老人又把这些善款全部捐出来,成立了"爱心救助基金",专门用来帮助那些因爱而遭遇尴尬的好心人。

多少年过去了,老人早已离开了人世,但以老人名字命名的基金却像滚雪球一样发展壮大,爱与被爱也宛如吻合的齿轮,互相带动,循环传送,小城的人们把人性中最高贵的品德——仁慈善良演绎得淋漓尽致。在魁北克省举行的最受爱戴的人物评选活动中，人们毫无争议地写上老人的名字——卢森斯。人们这样评价老人：爱原本就是喜悦的关怀和无求的付出。当爱心遭遇法律的碰撞，善意被扭曲时，是老人还原了善意的本来模样，让人们可以毫不戒备地去爱，再没有什么能比生活在和谐有情的社会更让人愉悦和欢欣的了。

"照亮世间的不是日月，而是人心。"倘若赠人玫瑰：手留尖刺，谁还愿赠与？每一颗爱心都是真诚美丽的，都应该得到尊重和赞赏；每一个善意都是美好的，都应该馥郁芬芳。

 孔洪林

做人做事小语

善良是世界通用的语言，它可以使人变回本真，让生命充满芬芳。可是，当善良遭遇尴尬，被人误解时，我们还会继续坚持吗？大声地回答："会，我一定会！"持久而高贵的善良，终会让我们的生活散发可亲、可爱、可敬的光芒。

（倪珪琳）

阿仪达的骄傲

尽自己的力量给别人带去快乐，我们也会更加的快乐和幸福。

阿仪达在学校里，一直是功课最棒的孩子，所以，每一次接到邮寄回家的Ａ字成绩单，母亲都会摸着他的小脑袋表扬他，不仅仅是口头表扬，还奖励他美味的食物，以及带他去阳光灿烂的郊外游玩。这个学期结束的时候，很奇怪，阿仪达居然没考好，他的母亲对此很生气，也感到非常奇怪。

"去年，我很为你感到骄傲，因为你是班里最好的学生。"

"是的，妈妈。"

"但是，今年为什么你没有考好呢？而且，最奇怪的是，你和去年一样那么努力啊！妈妈也没有看到你松懈，你能告诉我这是为什么吗？是做试题的时候，不认真了吗？"

"不是的！"

"那是为什么，妈妈觉得很失望。"

阿仪达听了觉得很难过，但他想了一会儿，便对母亲说："妈妈，我知道你为我而骄傲，我就在想，那么别的孩子的妈妈，应该也想为孩子而感到骄傲。但是，如果我总是第一的话，这对他们来说，不就失去骄傲的机会了吗？"

母亲笑了,她抱住小阿仪达。阿仪达还在嘀咕:"虽然我很舍不得你做的好吃零食,还有郊游!"然后,母亲亲了亲阿仪达的面颊,对他说:"你说得太对了。即使你这次没有考上第一名,但妈妈更加为你骄傲。"

吃完了一顿作为奖励的丰盛晚餐后,母亲就给阿仪达的老师打了电话。第二天,老师在课堂上这样对阿仪达说:"你最应该感到骄傲,你是一个真正懂得爱心的孩子。"老师还对其他同学说,"我希望你们没有阿仪达,也能让自己的妈妈骄傲。"

可不是,最伟大的爱心,除了让自己的母亲骄傲,也让别的母亲获得骄傲。

❀ 马俊杰

做人做事小语

每个人都想出人头地,每个人都想考第一,然而第一只有一个。在利益面前,心胸开阔的人会把机会让给别人,心胸狭小的人会守着自己的光明,不顾别人的黑暗。人与人最大的区别不是智商的高低,而是爱心的多少。尽自己的力量给别人带去快乐,我们也会更加的快乐和幸福。

(倪珏琳)

真实的善良

我感到一种真真实实的善良，仿佛从这卖茶蛋的老太婆心里作用到了我自己的心里。

　　有一个时期，我因医牙，每日傍晚，从北影后门行至前门，上跨街桥，到对面教育印刷厂的牙科诊所去。在那立交桥上，我几乎每次都看见一个残了双腿的瞎老头儿，卧在那儿伸手乞钱。其中有三次，看见一个老太婆，在给那瞎老头儿钱。照例是十元钱和一塑料袋儿包子。过街桥上上下下的人很多。不少的人便驻足望着那一情形，但是没人掏出自己的钱包。有一天风大，将老太婆刚掏出的十元钱刮到了一个小伙子脚旁。他捡起来，明知是谁的钱，却若无其事地往自己兜里一揣，扬长下了跨街桥。所有在场的人，都从桥上盯着他的背影看。我想他一定能意识到这一点的，所以没勇气回头望朝桥上的人们。

　　瞎老头问老太婆："好人，你想给我的钱，被风刮跑了吧？那也算给我了！我心受了！"老太婆说："是被风刮跑了。可已经有人替我捡回来了！给！……"

　　我认识那老太婆。她从早到晚在离桥不远的地方卖茶蛋。我想她一天挣不了几个十元钱的。

　　于是，几乎每个驻足看着的人，都默默掏出了自己的钱包。

那一天我没去牙科诊所，因为我也把钱给了那个瞎老头。

后来那瞎老头不知去向了。

而那老太婆仍在原地卖茶蛋。

有天我经过她跟前，不由自主地停下脚步买她的茶蛋。我不迷信，可我似觉她脑后有光环闪耀。

我问她："您认识那老头儿？"

她摇摇头，反问我："可怜的老头儿，他哪儿去了？"

我也只有以摇头作为回答。

她长长地叹了口气。我从中顿时感到一种真真实实的善良，仿佛从这卖茶蛋的老太婆心里作用到了我自己的心里。

❀ 梁晓声

做人做事小语

生活中，我们往往去追求名利得失，而忽略了细微行为的重要性。卖茶蛋的老太婆就用自己的切身行动感染着周围的人，让人们看到了善良的力量。雨果说："最高的圣德便是为旁人着想。"用善良和爱心对待别人，才能得到别人的尊重和认可，才能求得一生的平安和快乐。

(倪珏琳)

并非到处都是坏人

你不要因为碰到这种坏蛋就把人都看坏了。世上的坏蛋是不少，但大多数都是好人。

纽约的老报人协会定期聚餐，席间大家常常讲些往事助兴。这天，老报人威廉·比尔先生——这个协会的副主席讲了一段自己的经历。

比尔10岁那年，妈妈死了；接着，爸爸也死了，留下7个孤儿——5个男孩，2个女孩。一个穷亲戚收留了比尔，其他几个则进了孤儿院。

比尔靠卖报养活自己。那年月，报童有菜园里的蚂蚁那么多，瘦小的他不容易争到地盘。比尔常常挨揍，吃尽苦头。从炎热的夏日到冰封的隆冬，比尔都在人行道上叫卖。小小的年纪，比尔已学会愤世嫉俗。

一个暮春的下午，一辆电车拐过街角停下。比尔迎上去，准备通过车窗卖几份报。车正要启动的时候，一个胖男人站在车尾踏板上说："卖报的，来两份！"

比尔迎上前去送上两份报。车开动了，那胖男人举起一枚硬币只管哄笑。比尔追着说："先生，给钱。"

"你跳上踏板我就给你。"他哈哈笑着，把那个硬币放在两个掌心里搓着。车子越开越快。

比尔把一袋报纸从腋下转到肩上，纵身一跃想跨上踏板，脚却一滑，仰天摔倒。他正要爬起，后边一辆马车"吱"的一声挨着他停下。

马车上一位拿着一束玫瑰花的妇人，眼里噙着泪花，冲着电车骂粗话："这该死的灭绝人性的东西，可恶！"然后又俯身对比尔说："孩子，我都看见了，你在这儿等着，我就回来。"随即对马车夫说："马克，追上去，宰了他！"比尔爬起来，擦干眼泪，认出拿玫瑰花的妇人就是电影海报上的大明星梅欧文小姐。

10 分钟后，马车转回来了，女明星招呼比尔上了车，然后对马车夫说："马克，给他讲讲你都干了些什么。"

"我一把揪住那家伙，"马克咬牙切齿地说，"左右开弓把他两眼揍了个乌青，又往他太阳穴上补了一拳。报钱也追回来了。"说着，他把一枚硬币放在比尔的手中。

"孩子，你听我说，"梅欧文对比尔说，"你不要因为碰到这种坏蛋就把人都看坏了。世上的坏蛋是不少，但大多数都是好人——像你，像我。我们都是好人，是不是？"

好多年后，比尔又一次品味马克痛快的描述时，猛然怀疑起来：只那么一会儿，能来得及追上那家伙，还痛痛快快地揍他一顿吗？

不错，马车甚至连电车的影子也没追着，它在前面衔角拐个弯，调过头，便又径直向孩子赶来，向一颗受了伤、充满怨恨的心赶来。而马克那想象丰富的哄骗描述，倒也真不失为一剂安慰幼小心灵的良药，让小比尔觉得人间还有正义，还有爱。

比尔后来还经历过千辛万苦。他没有上过正规学校，但凭自学当上了记者，又成了编辑，还赢得了新闻界的声誉。他和弟弟妹妹们后来也团聚了。

比尔向他的报界同仁说："谢谢上帝,艰难困苦是好东西,我感激它。不过,我更要感激梅欧文小姐,感激她那天的火气、她眼里的泪花和她手中的玫瑰,靠这些我才没有沉沦,没有一味地把世界连同自己恨死。"

✿ [美]F.奥斯勒

🌹做人做事小语🌹

善意的谎言让比尔的灵魂得到慰藉,苦难的经历让他懂得了感激和奋起,最终成就了一番事业。善良,可以激发别人心中自信的种子。也许就是我们一句温暖的话,一个轻轻的举动,就能使别人有信心面对困难,从沉沦中崛起。善良待人,我们也能从那份自信中找到希望。

(倪玮琳)

恻 隐 之 心

要想将来不后悔,不怨恨,只有在那一念之间慎重考虑,仔细思量。

汉斯一家住在森林深处,他们靠打猎为生。日子虽然过得并不富足,但对于汉斯来说,他已经很满足了。因为温柔漂亮的妻子和一对顽皮可爱的孪生儿子已使他别无奢求了。

这一年的初冬似乎来得特别早,汉斯早早披上了皮袍,坐在院子里开始擦拭他心爱的猎枪。随着寒风的呼啸,汉斯隐约感到不远处的森林里有动物出没的迹象,他竖起耳朵凝神听了一阵,抓起猎枪向森林里跑去。汉斯用鹰隼(sǔn)一样的目光在森林里搜索着,最终他在一片柔如秀发的草甸上看到两个黑影在晃动。凭着猎人的敏感,汉斯知道那是两只黑熊。汉斯抑制不住内心的狂喜,他想:在这个季节,熊皮和熊掌可是能够卖上上好的价钱的。看上去那两只黑熊似乎小了点,但毕竟有两只啊。今天真算我走运!

汉斯悄悄向目标靠近了一段距离,最后,他侧身躲在一棵大树后,然后把乌黑的枪管对准了目标。他没有急于开枪,而是以一个成熟猎人的稳健等待最佳时机,他要"一弹双熊"。汉斯耐心地等待着,他感到自己托枪的手臂有点微微发酸,可那两只黑熊还是毫无察觉,它们似乎不像在觅食,而像在无拘无束地尽情嬉闹。突然,汉斯看到那两只黑熊抱成一团。"哎呀,天赐良机!"他险些叫出声来。汉斯闭上一只眼睛,把头俯在枪托上。手指果断地压在了扳机上,他知道只要自己的手指一动,那两只黑熊就会变成自己枪口下的钞票。汉斯果敢地扣动了扳机,但出乎意料的事情发生了,猎枪并没有发出任何动静。汉斯一惊,嘴里狠狠地嘟囔了一句:"真倒霉!"随后他放下猎枪开始检查。最终,汉斯找到了原因,原来自己发现猎物后,一直都处于兴奋状态,竟然忘了给枪装药,这对于他来说,真是破天荒头一次犯下的大错。他懊悔地捶捶自己的脑门,重新装药上膛。

汉斯用黑洞洞的枪口严密地监视着黑熊的一举一动。那两只黑熊时而在草甸上翻滚,时而追逐打闹,它们泛着光泽的毛上沾满了枯黄的草叶。这时,那两只黑熊不动了,它们似乎有点累了,就用毛茸茸的爪子互相给对方抓身上的草叶。在汉斯眼里这两只憨态可掬的小熊越来越可爱,越来越聪明了。他从来没有见过这么可爱的小家伙。汉斯的心在震颤,他完全被这两只可爱的小熊征服了,他已没有勇气把枪口对准这两个幼小的生命了。汉斯转过身把背靠在树干上,沮丧地闭上眼睛,然后缓缓把枪口对准了天空。猛然,他发泄似的扣动了扳机,只听"砰"的一声,枪声震得树上的枯叶如蝶飞舞。随着枪响,那两只小熊猝然停止了打闹,只见它们迅速褪去身上的熊皮,竟露出两张顽皮的笑脸。他们一边跑一边呼喊:"爸爸,你在哪儿?我们爱你……"汉斯回头一看,顿觉头晕目眩,险些栽倒。他定了定神,抓起地上的猎枪一折两段。

❉ 李云伟

🌸做人做事小语🌸

　　无论是对人,还是动物,我们都应怀着善良的心。因为,对他人他物善良,也意味着对自己善良。有时,也许一念之间,就会让你从善良走向邪恶。所以,要想将来不后悔,不怨恨,必须在那一念之间慎重考虑,仔细思量。

(倪玮琳)

第4辑

修养重于学识

有一所学校招聘电脑老师，
要求是本科毕业，
一个大专毕业生虽然学历达不到要求，
但他谦虚的态度、优雅的谈吐和离开时轻轻关门表现出来的
修养征服了校长，最后获得了聘用。
学识可以"教"出来，而修养必须"炼"出来。
学识是教会我们如何做事，
修养是告诫我们如何做人，
只有做好人，才能做好事。
在成功的天平上，修养重于学识。
修养是人生最重要的一门必修课。

花朵静悄悄地开放

法师以一种特殊的口吻说："老衲还以为花开的时候得吵闹着炫耀一番呢。"

寺院里接纳了一个年方16岁的流浪儿，这个流浪儿头脑非常灵活，给人一种脚勤嘴快的感觉。灰头土脸的流浪儿在寺里剃发沐浴之后，就变成了干净利落的小沙弥。

法师一边关照他的生活起居，一边苦口婆心、因势利导地教他为僧做人的一些基本常识。看他接受和领会问题比较快，又开始引导他习字念书、诵读经文。也就在这个时候，法师发现了小沙弥的致命弱点——心浮气躁、喜欢张扬、骄傲自满。例如，他刚学会几个字，就拿着毛笔满院子写、满院子画；再如，他一旦领悟了某个禅理，就一遍遍地向法师和其他僧侣们炫耀；更可笑的是，当法师为了鼓励他，刚刚夸奖他几句，他马上就在众僧面前显摆，甚至不把任何人放在眼里，大有唯我独尊、不可一世之势。

为了改变和遏制他的不良行为和作风，法师想了一个用来启发、点化他的非常美丽的教案——这一天，法师把一盆含苞待放的夜来香送给这个小沙弥，让他在值更的时候，注意观察一下花卉的生长状况。

第二天一早,还没等法师找他,他就欣喜若狂地抱着那盆花一路招摇地主动找上门来,当着众僧的面大声对法师说:"您送给我的这盆花太奇妙了!它晚上开放,清香四溢,美不胜收。可是,一到早晨,它又收敛了它的香花芳蕊……"

法师就用一种特别温和的语气问小沙弥:"它晚上开花的时候,吵你了吗?"

"没有,"小沙弥高高兴兴地说,"它的开放和闭合都是静悄悄的,哪能吵我呢。"

"哦,原来是这样啊,"法师以一种特殊的口吻说,"老衲还以为花开的时候得吵闹着炫耀一番呢。"

小沙弥愣怔一阵之后,脸刷地一下就红了,诺诺地对法师说:"弟子领教了,弟子一定痛改前非!"

山深愈幽,水深愈静。真正有学问有道行的人、真正成功和芬芳的人生,不见得要张扬和炫耀。

❀ 纪广洋

🌹做人做事小语🌹

谦虚使人进步,骄傲使人落后。这是再简单不过的道理 然而,我们却往往忽略了这一点。在生活中,有一部分人总是喜欢过度自我表现、自我张扬,结果往往会得意忘形,渐渐落在别人后面。让我们做一株努力开花而不大声炫耀的夜来香吧。 (王 蕴)

气度决定高度

气度，决定了一个人的高度，一个有气度的人才有成功的本钱，否则他未来的成就势必会受到局限。

有一个公司重要部门的经理离职了，董事长决定要找一位德才兼备的人来接替这个位置，但连续来应征的几个人都没有通过董事长的考试。

这天，一个三十多岁的留美博士前来应征，董事长却通知他第二天凌晨 3 点去他家考试。这位青年于是在凌晨 3 点就去按董事长家的门铃，却未见人来开门。一直到早上 8 点钟，董事长才让他进门。

考试的题目由董事长口述。董事长问他："你会写字吗？"年轻人说："会。"董事长拿出一张白纸说："请你写一个白天的'白'字。"他写完了，却等不到下一题。他疑惑地问："就这样吗？"董事长静静地看着他，回答："对！考完了！"

年轻人觉得很奇怪，这是哪门子的考试啊？第二天，董事长在董事会上宣布，该名年轻人通过了考试，而且是一项严格的考试！

他说："一个这么年轻的博士，他的聪明与学问一定不是问题，所以我考其他更难的。首先，我考他的牺牲精神，我要他牺牲睡眠，凌晨3点钟来参加应考，他做到了；我又考他的忍耐力，要他空等5个小时，他也做到了；我又考他的脾气，看他是否能够不发脾气，他也做到了；最后，我考他的谦虚，我只考堂堂一个博士连5岁小孩都会写的字，他也肯写。一个人已有了博士学位，又有牺牲精神、忍耐、好脾气、谦虚，这样德才兼备的人，我还有什么可挑剔的呢？我决定任用他！"

这位董事长看人的角度非常独特且正确，不是吗？

气度，决定了一个人的高度，一个有气度的人才有成功的本钱，否则他未来的成就势必会受到局限。这是一个知识爆炸的时代，在我们追求知识、才能的同时，千万不要忽略了充实修养和品格。

✿ 吕　斌

🌹做人做事小语🌹

气度，代表着一个人的胸怀。在为人处事时，我们要多一点宽容，少一点抱怨；多一点大度，少一点虚荣；多一点容忍，少一点急躁；多一点体贴，少一点冷漠，那么，忧愁和不快就会烟消云散，而快乐就会随之而来。

（王　蕴）

成功的秘诀

你这幅照片和我那幅照片，最大的差别不是少了一条小鱼，而是少了平等。

　　阿文和阿明参加市摄影协会举办的摄影大赛，真是巧了，两幅照片拍的是同样的内容。可是，最后阿文的那幅得了奖，阿明那幅却落选了。阿明实在想不通，他悄悄打听，才知道阿文的舅舅是这次大赛评委会主任。

　　这次落选使阿明耿耿于怀，他发誓要超过阿文。终于有一天，阿明拍到了一幅绝美的照片。阿明刚拍好这幅照片，就从网上看到一则国际摄影大赛启事，他马上把这幅照片发去参赛。结果出来了，阿明那张照片居然得了一等奖！阿明激动不已，他马上打电话给久不来往的阿文，把这个消息告诉他，阿文却说："我刚刚看过获奖的照片，可……可没看见有你的呀！"阿明说："怎么没有？就是白鹭喂小鸟那幅。"阿文说："你仔细看看，那幅照片是谁拍的。"

　　阿明再看一次获奖的照片，尤其看了看照片的作者。这一看可不得了，阿明发现自己那张照片，署的竟是阿文的名字。他立刻又给阿文打电话，阿文说："我根本没见你拍过这样的照片。"对呀，自己这幅照片从没发表过，阿文不可能看到，可照片的作者怎么换成他了呢?

阿明忍不住又细细地看了看这幅照片:白鹭、鸟巢、池塘,和自己那幅简直是从同一张底片洗出来的。但他还是看到了一点点差别,这幅照片的池塘里有一条小鱼跳出水面,自己那幅照片是没有这条小鱼的, 照片里的地方是本市公园的一个角落, 自己可以去那里拍白鹭, 阿文当然也可以去那里拍白鹭。阿明万万没想到,一条小鱼竟这么重要!

也许是得了国际大奖太兴奋了, 阿文竟带上他的相片来阿明家喝酒。阿明乘着几分醉意说:"你这次获奖,全靠一条小鱼帮忙。"阿文问阿明是什么意思。阿明说:"我拍了一幅和你获奖那幅一模一样的照片,只是少了一条小鱼。"阿明当即把照片拿出来给阿文看。

阿文看了看照片说:"你这幅照片和我那幅照片,最大的差别不是少了一条小鱼,而是少了平等。""平等?"阿明莫名其妙。阿文把两幅照片摆在一起,指着照片说:"你看,我这幅照片是平视的,我和鸟是平等的。而你这幅照片的视角稍稍高了一点点,由平视变成了俯视,你觉得你比鸟高贵。"

✽ 张　萍

❀ 做人做事小语 ❀

　　有人说,成功的秘诀是握紧失败的手,然后百折不挠地坚持下去;虽屡遭挫折,却有一颗勇往直前的心。其实,成功更需要有一颗平常心,不要刻意去雕琢,也不要特意去找寻,成功就蕴含在你的举手投足之中。我们要以一颗平等的心态去面对生活,你对她笑,她也会对你笑。

(王　蕴)

我的导师

每一个人都是一条独特的河流，每一条河流都有值得跋涉的地方。

当杰出而博学的哈桑大师生命垂危的时候，有人问他："哈桑大师，您如此博学，请问您跟随哪位伟大的导师学习呢？"

哈桑大师回答："我有很多的导师，即使我简单地列一下他们的名字，也需要很长时间，我就举出其中的三位吧。"

我的第一位导师是一个贼。有一次，我在沙漠中迷路了。当我终于找到一个村庄的时候，天色已经太晚了，家家户户都门窗紧闭。正当我不知如何是好的时候，我看到一间破烂的房子，里面有一个人。我问他："我能待在这里吗？"他回答："深更半夜的，如果你愿意和一个贼待在一起的话，那你就和我待在一起好了。"

这个贼长得挺英俊的。我后来得知，因为过度穷困，他被迫走上了偷窃的道路。我在他那间遮不住风雨的破房子里，一待就是一个月。每天晚上，他都会对我："我要出去工作了，你休息吧。"当他回来时，我问他："今晚有收获吗？"他总是说："今晚没有。但是，按照上帝的意愿，明天就会好起来。"他从来都不会绝望悲观，总是快快乐乐的。在后来的很多日子里我总是想到这个贼。很多次，当我绝望无助的时候，那个贼的影子会突然跳进我的脑海里，他常说的那句话，就会清晰地浮现在我的脑中："按照上帝的意愿，明天就会好起来。"

我的第二位导师是一条狗。我因饥渴来到一条河边，这时，又来了一条狗。它也渴得厉害，它向河里望了望，却看到了另外一条狗——它的影子。狗很害怕，叫了两声，转身逃走了。但是，极度的渴使它又跑了回来。最后，尽管内心恐惧，狗还是跳进了河里，河中的影子也马上消失了。这条狗让我明白，为了实现自己的目标，即使是一条狗，也能鼓足自己的勇气。

我的第三个导师是一个小男孩。一天晚上，我在域里，碰到一个小男孩。他手里拿着一支点燃的蜡烛，正准备到寺庙去，把蜡烛放在那里。"打扰一下，"我对小男孩说，"是你自己点亮这支蜡烛的吗？"他回答道："是的，先生。"我又问道："这蜡烛有亮的时候，也有不亮的时候，你能告诉我，这光来自哪里吗？"

小男孩笑了笑，"噗"的一口气吹灭了蜡烛，问道："你亲眼看到这束光刚刚离去，你能告诉我它去哪里了吗？"

我的自负一下子消失得无影无踪。从那时候起，我再也不自作聪明、自以为博学了。

事实上，我没有导师。我没有导师是因为我有千千万万个导师，我从每一个可能的地方学习，并且一直都在培养和增强学习的能力。有一句话，我希望你能记住：每一个人都是一条独特的河流，每一条河流都有值得跋涉的地方。如果你够用心，总有一天，所有的海洋都会属于你。

尹三生/译

威名之下的大师

谦逊可以使一个人从平凡走向辉煌，狂妄则往往使一个人从巅峰滑向深渊。

　　一位世界一流的小提琴演奏家在为人指导时，从来不说话。每当学生拉完一曲，他总是把这一曲再拉一遍，让学生从倾听中得到教诲。"琴声是最好的教育。"他如是说。

　　他收了一位名不见经传的新生，在拜师仪式上，学生为他演奏了一首短曲。这个学生很有天赋，把这首短曲演奏得出神入化。

　　学生演奏完毕，这位大师照例拿着琴走上台。但是这一次，他把琴放在肩上，却久久没有奏响。他沉默了很长时间，然后,把琴从肩上又拿了下来,深深地叹了口气,走下了台。

众人惊惶失措,不明白发生了什么事。这位大师微笑着说:"你们知道吧,他拉得太好了,我没有资格指导他。最起码在刚才的一曲上,我的琴声对他只能是一种误导。"

全场静默片刻,然后爆发出一阵热烈的掌声。

"谦逊"这两个字,每个人都知道,但真正能做到的人却不是很多。

一个已经名扬四海的大师,面对一个无名小辈,敢于承认自己的不足,真心地赞美对方的优秀,既不怕有损于自己的威名,也没有用自己的光芒去打压对方。

一个技艺精湛的大师赢得众人的掌声是不奇怪的,但是一个胸怀磊落敢于说真话的大师是一定会让人肃然起敬的。

✿ 三虎林

🌹做人做事小语🌹

"谦受益,满招损。"这是流传千年的古训,在故事中得到了充分的体现。谦逊与退让不仅仅是一种道德,也是一种境界,它能拉近人与人之间的距离,也能提升人的文化品味。经验告诉我们:谦逊可以使一个人从平凡走向辉煌,狂妄则往往使一个人从巅峰滑向深渊。

(王 蕴)

别太把自己当回事

不把自己看得太重，就不会失重；不把自己看得太高，就不会失落。

布思·塔金顿是 20 世纪美国著名的小说家和剧作家，他的作品《伟大的安伯森斯》和《爱丽丝·亚当斯》均获得普利策奖。在塔金顿声名最鼎盛时期，他在多种场合都讲述过这样一个故事：

那是在一个红十字会举办的艺术家作品展览会上，我作为特邀的贵宾参加了展览会。期间，有两个可爱的十六七岁小女孩来到我面前，虔诚地向我索要签名。

"我没带自来水笔，用铅笔可以吗？"我其实知道她们不会拒绝，我只是想表现一下一个著名作家谦和地对待普通读者的大家风范。

"当然可以。"小女孩们果然爽快地答应了，我看得出她们很兴奋，当然她们的兴奋也使我备感欣慰。

一个女孩将她非常精致的笔记本递给我，我取出铅笔，潇洒自如地写上了几句鼓励的话语，并签上我的名字。女孩看过我的签名后，眉头皱了起来，她仔细看了看我，问道："你不是罗伯特·查波斯啊？"

"不是，"我非常自负地告诉她，"我是布思·塔金顿，《爱丽丝·亚当斯》的作者,两次普利策奖获得者。"

小女孩将头转向另外一个女孩,耸耸肩说道:"玛丽,把你的橡皮借我用用。"

那一刻,我所有的自负和骄傲瞬间化为泡影。从此以后,我都时时刻刻告诫自己:无论自己多么出色,都别太把自己当回事。

❀ 尹玉生

做人做事小语

一些小有成就的人往往觉得自己了不起,处处盛气凌人。其实,与其这样,还不如别把自己看低一些。看低自己是一种风度,一种境界。看低自己并不是无端地贬低,而是对自我的正确把握和准确定位。请记住:不把自己看得太重,就不会失重;不把自己看得太高,就不会失落。

（王 蕴）

请为你的傲慢买单

千万不要轻易摆出傲慢的姿态,否则你会付出惨痛的弋价。

2007 年 9 月 5 日,在北京海淀远大路某银行,一名顾客将99 元钱分 99 次存入银行卡中,前后耗时达 3 小时,引起后面排队者的不满。而此时,银行里的工作人员却对此熟视无睹。

最后,引来媒体关注,银行值班经理才出面调停。

该顾客再三声称自己不是无理取闹,也知道自己的行为不文明,不道德,但银行内部工作人员的傲慢和冷淡着实让人恼火。该顾客几次电话投诉均无下文,后又遇银行值班经理,再次遭到不予理睬的态度,所以一怒之下,出此下策。

媒体介入后,银行经理对该顾客赔礼道歉,真相大白的人们纷纷指责银行部门的失职。因为工作人员对顾客的傲慢和不屑,使此银行的商业形象大打折扣。且不论工作人员因自己傲慢的态度会受到什么惩罚,就银行自身来说,舆论的讨伐对其后期大规模的经营运作都带来了负面影响,这是一种无形的损失。

无独有偶,最近又看到了一个经典的小故事,让我再一次领悟,为人处世,无端的傲慢切不可要。

一对衣着朴素的老夫妇,在没有事先约好的情况下,就直接去拜访当时哈佛的校长。校长的秘书在片刻间就断定这两个乡下老人根本不可能与哈佛有业务来往。先生轻声地说:"我们要见校长。"秘书很不礼貌地说:"他整天都很忙。"女士回答说:"没关系,我们可以等。"过了几个钟头,秘书一直不理他们,希望他们知难而退,但他们一直等在那里。秘书终于决定通知校长:"也许他们跟您讲几句话就会走开。"

校长不耐烦地同意了,校长很有尊严而且心不甘情不愿地面对这对夫妇。女士告诉他:"我们有一个儿子曾经在哈佛读过一年书,他很喜欢哈佛,他在哈佛生活得很快乐。但是去年,他意外死亡。我丈夫和我想在校园里为他立一纪念物。"

校长并没有被感动,反而觉得可笑,他粗声地说:"夫人,我们不能为每一位曾读过哈佛而死亡的人建立雕像。如果我们这样做，我们的校园看起来会像墓园一样。"

女士很快地说："不是，我们不是要竖立一座雕像，我们想要捐一栋大楼给哈佛。"

校长仔细地看了一下这对夫妇简朴的衣着，然后吐一口气说："你们知道建一栋大楼要花多少钱吗？我们学校的建筑物超过 750 万美元。"这时，这位女士沉默了。校长很高兴，总算可以把他们打发了。只见这位女士转向她丈夫说："只要 750 万就可以建一座大楼？那我们为什么不建一座大学来纪念我们的儿子？"她的丈夫点头同意。

就这样，斯坦福先生和夫人离开了哈佛，来到了加州，成立了斯坦福大学来纪念他们的儿子。

故事结束没有再提到哈佛校长，但是不难想象，他在得知事情真相后是如何尴尬与羞愧。他不是一个称职的好校长，因为他的傲慢让哈佛失去了一个发展壮大的好机会，这是一个巨大的损失。

从以上两件事中不难看出，银行的值班经理、银行的工作人员、哈佛校长和校长秘书都为自身的傲慢付出了沉重的代价。也许他们自身的利益并没有因为事件本身受到太大的牵连，但是作为一个领导，作为一个职员，如果置团队利益而不顾，那么他们今后事业的发展又从何谈起呢？

所以，请在你不屑于对待某人或某事的时候，仔细地想一想再做决定，千万不要轻易摆出傲慢的姿态，因为你可能在今后的日子里会为自己一时的无知而付出代价，你可能要用金钱、机遇甚至良心为你曾经的傲慢买单。

❋ 蒋诗经

做人做事小语

傲慢与谦虚是为人处世的两种不同态度。傲慢让人感到对方居高临下、盛气凌人；谦虚让人觉得对方平易近人、温文尔雅。生活中，很少有人会在心里喜欢那些耍派头的人，所以傲慢之人往往被拒在千里之外。傲慢，或许可以做事，但谦虚才能做人。因此，千万不要轻易摆出傲慢的姿态，否则你会付出惨痛的代价。

（王　蕴）

人生最不能丢的东西

我什么都可以丢，唯独对帮助过我的人表达谢意不能丢！

在纽约学习的三个月时间里，为了节省开支，我没有住酒店，而是租住在公寓楼里。在我租住的公寓楼的对门，住着一位叫西蒙的孤单老人，他的老伴早已去世，儿女又在外地工作，出于对他的同情，我总会给他一些力所能及的帮助。

有一天，天色突然变得很暗，可能是要下雨了，路上行人匆匆，都在往家的方向赶。其时，我正在从学校赶往住处的路上。突然，我看见一个面熟的人影茫然地站在马路上，仔细一

098

看，那人正是西蒙老人。我赶紧走过去，问他是不是需要我的帮助。西蒙老人说，自己迷失了方向，怎么也不记得回家的路了。

我将西蒙老人送回家后，还帮他叫了份外卖，等他吃饱喝足安顿他睡下后，我才返回自己的房间。大约过了半个小时，我的房门被人敲响了。我觉得奇怪，此时怎么还会有人找我呢？如果不是房东，难道是收水电费的？我将门打开，发现门口站着的竟然是西蒙。他不是已经睡下了吗？我问西蒙老人有什么事，是不是需要我的帮助？

西蒙老人犹豫了半天，又不停地用手拍自己的后脑勺，自言自语地说："我怎么又忘了呢？我明明是有话要跟你说的，可是我突然又想不起来了。"我说："如果不是很重要的话，您就明天想起来了再跟我说吧，现在您需要的是好好休息。"就在西蒙想转身回自己的房间的时候，他突然笑着说："谢谢。这就是我要跟你说的话，你今天帮助了我，可我还没有跟你说谢谢呢。"

时间过得很快，转眼我的学习期满，由于飞机起飞的时间很早，回加州的那天，我甚至来不及向西蒙老人告别，我不想将睡梦中的西蒙老人吵醒，便给西蒙老人的儿子打了个电话，告诉他，他父亲的记性不太好，已经到了离不开人照顾的地步了。

回到加州，我马上又投入到紧张的工作中。突然有一天，邮递员交给我一封来自纽约的特快专递。我很纳闷，我的学习早已结束，在纽约又没有亲人和朋友，是谁给我寄来的信呢？打开来看，偌大的一张纸上只有两个字：谢谢！

我一拍脑门，想起来了，肯定是西蒙。因为在我离开纽约之前，我曾经陪西蒙老人去过一次医院，那是西蒙老人每月必做的体检。也许西蒙老人又忘记跟我说谢谢了，才用特快专递的形式来向我表达谢意。

我想起自己曾经跟西蒙老人说过，其实他没有必要跟我这么客气的。可他说，这是他做人的原则。他说："是的，我的记性确实不好，我出门经常将钥匙忘在家里，有时一整天都忘记吃饭，甚至将自己丢在大街上，忘了回家的路，这些其实都不重要。我什么都可以丢，唯独对帮助过我的人表达谢意不能丢！"

❋ 沈 湘

做人做事小语

什么东西是我们最不能丢的呢？善良、诚实、守信、坚强……这些东西我们要随身携带。在这些可贵的品质中，还有一个金子般的亮点——表达谢意。因为每时每刻我们都生活在来自父母、师长、同学好友和陌生人的关爱中，"谢谢"二字就是回馈种种爱意的最有力最诚挚又最直接的表达。

（王 蕴）

修养重于学识

素养和品格确实是最好的通行证。

耶鲁大学在每届学生快要毕业时，校方都会安排一些学生到一个很有名的实验室去参观。

有一次，由一个导师带领20多个快要毕业的学生来到了这个实验室，负责接待他们的是一个女秘书。女秘书先把他们安排到一个会议室，然后，开始给大家倒开水，大多数同学表

100

情都很麻木，有的同学还用很生硬的语气说："有咖啡吗？我要喝咖啡。""非常抱歉，咖啡用完了。"女秘书很有礼貌地回答。

女秘书继续给大家倒开水，当轮到一个叫卡尔的学生时，卡尔面带微笑地说了声："谢谢！"这位女秘书非常惊奇，这可是她今天听到的第一句很有礼貌的话。

女秘书给大家倒完水就出去了。过了一会儿，实验室主任走了进来，非常热情地向各位打招呼。然而令人尴尬的是，大多数同学只是无精打采地把屁股在座位上挪了一下，并没有任何回应。当主任走到卡尔面前时，卡尔立即从座位上站起来，非常友好地伸出手，并热情地握住了主任的手，面带微笑地说："非常高兴见到您，谢谢您的热情接待。"

实验室主任非常吃惊，脸色一下子舒展开了。主任拍了拍卡尔的肩膀，问道："你叫什么名字？"卡尔如实地回答。

两个月后，那家很有名的实验室点名要走了卡尔。其他同学很不服气，理由是卡尔的学习成绩在班里顶多排在中等，为什么那些学习成绩优秀的学生没有这个好机会，而对方偏偏选中了卡尔呢？

导师看出了同学们的心事，语重心长地说："卡尔的学习成绩的确不是很优秀，但是，我希望大家明白，学习成绩只能代表我们掌握了某些知识，走上社会后，我们的学习才刚刚开始，对方点名要卡尔，就是因为他的为人修养略胜一筹。"

当年，苏联准备发射第一艘载人航天器，组织了一批宇航员参观宇宙飞船。当时，其他宇航员都是穿着鞋子走进座舱，只有宇航员加加林脱掉了鞋子，穿着袜子小心翼翼地进入飞船。最终，加加林被选中，成为飞天第一人，铸就了一世英名。

素养和品格确实是最好的通行证。

 崔鹤同

做人做事小语

一个人是否成熟，表现之一就是懂得尊重身边的每一个人，尊重每一个人的劳动成果。尊重源自一个人的良好修养和品格，体现在细节之处，就如卡尔和加加林。在生活中，拥有良好的品行有时比拥有的智慧更容易获得别人的赏识和尊重。

（王　蕴）

亲情滋养的优雅

优雅的品质，理应需要用文化去熏陶，用人格做支撑，没想到的是，亲情更能滋养优雅的品质。

她是一位公司白领，喜欢写字，她的字冰清玉洁，透着优雅。因为喜欢，我们成了朋友，经常一起去吃饭，渐渐我发现，她更令人欣赏的，是那份独特的优雅。

比如，她每次招呼饭店的服务员，都是甜甜地叫一声"小妹"。开始我以为，这是她称呼上的习惯，就像有的人直呼"服务员"，或者像我，干脆对服务员大声喊："喂——"

也曾以为，她在作秀。但并非如此，有时，分明服务员有错，或态度不好，她对她们的称呼依旧没变，仍是一声声叫着

"小妹"。多好的涵养，多优雅的姿态！

我也试着学她，但我那声"小妹"，叫得很别扭，甚至肉麻。

我请教她，这一声呼唤，动人的秘诀是什么？她笑着说："有什么秘诀啊？我是真把她们当成自己的小妹了。我的小妹，也是一位服务员，在另一个城市打工。"

她接着说："看到她们，我总会想起小妹，她独自在异乡，辛苦打工，也一定经常被人呼来唤去，经常被顾客刁难，或者被老板挑剔吧。她委屈吗？她哭过吗？我多想每个人都能像我，像对待亲妹妹一样对她们呢！"

我明白了，她是真情流露，我是在作秀，因为我没有这样切身的亲情体验。可是，我没有这样的小妹，就不能修炼出她那样的优雅吗？

她告诉我，她以前也不是这样，而是受了老板的影响。她说：

"我们公司的老板，身家千万，住有豪宅，出有名车，一身的名牌，常被大人物接见，常和上流阶层过往，是个很有档次的人。可他却时常泡在传达室，不拘小节地和门卫并肩蹲在门口，甚至坐在台阶上聊天。

"我也曾猜测，他是在给员工做样子吧，或者，门卫是他亲戚，门卫有背景？

"事实却不是这样。有次中午，我上班早到，路过传达室，想看有无邮件，竟发现老板正躺在门卫脏兮兮的床上，和衣似睡非睡……

"我弄出的响声惊醒了他。他坐起来，问我，这么早就来上班了？我答非所问，门卫呢？

"老板说，哦，他回家取过冬的衣服了，我替他守一会儿。

"一个老板，居然为请假的门卫替班，还睡在他脏乱的床上？我很惊讶。老板似乎心情不错，也看出我的惊讶，他说，他的父亲，也曾是一名门卫。

"老板少年时家境贫寒，父亲身体不好，又没本事，农活都由母亲做，一年下来只够温饱，但他和弟弟都在上学，很需要钱，父亲就托人找门路，去城里做了门卫。

"做门卫一个月都很难回家一次，但每月父亲都托进城的乡亲捎钱回家，父亲挣的钱，养起了这个家，也维持了他们兄弟的学业。

"一个中秋节的晚上，兄弟俩正埋头写功课，父亲踩着月光回了家，他带来一个好大的食品袋，里面是喷香的炒菜。父亲说，是一个同事炒了菜送他的。父亲舍不得吃，请值班的人帮他看一个小时门，连夜把菜送回家。但他没吃，只在家待了几分钟就走了。那也是父亲做门卫十来年，唯一的一次在家过中秋。

"老板说到这儿，眼睛湿润，很多年来，他不知道门卫是做什么的，等他上了班，后来又自己创业，接触了很多门卫，才知道，门卫并不像父亲说的那么清闲，要晚睡早起，打扫院子，烧锅炉送开水，还要收发报刊，即使睡觉，也得睁着一只眼。最难受的是，每天守着大门，看别人自由进出，自己却不能离开片刻。做门卫的那种孤独，谁能体会得到呢？

"可是，当他亲眼看见了这些的时候，父亲已经不在了。

"几年来，每到中秋，老板都亲自来值班，他给门卫买好礼物，让他回家团聚。他想每年都体味一次父亲有过的孤独，也给门卫阖家欢乐的整个夜晚，而不是短短几分钟的相聚。他把每一任门卫，都当成了自己的父亲。

"曾经，我觉得老板在传达室的那些粗陋的动作，有失优雅。但那以后我却觉得，一个能与门卫促膝谈心、亲如父子的老板,最配优雅二字了。他的优雅,并非来自他的地位、资产、穿着,也不是他的智慧和干练,而是渗入到骨髓的亲情。"

讲完老板的故事,她接着说,她很欣赏一位作家的话:因为我有妻子,所以我爱天下所有的女人;因为我有孩子,所以我爱天下所有的孩子。这句话,多有分量!谁都有父母兄弟姐妹,我们爱他们,何曾不希望,他们也被这个世界上所有的人爱着呢?

我明白了,如果我不像爱自己的亲人一样去爱别人,就无法拥有像她和那位老板那样的优雅品质。优雅的品质,理应需要用文化去熏陶,用人格做支撑,没想到的是,亲情更能滋养优雅的品质。

❁ 三 冬

❁ 做人做事小语 ❁

像爱自己的亲人一样去爱别人,这样的爱心最无私,也最真诚。它不需要我们刻意地去做什么,只需要我们用爱己之心去爱他人就足够了。正是这种无私的爱,炼就了我们优雅的品格和风度。

(王 蕴)

轻轻关门

那天我们接待了约 50 个应聘者，你是唯一一个向我们鞠躬，并且关门关得那么有礼貌的人！

　　大学毕业那年，就业形势相当严峻，参加了好几次招聘会，可人家一听说我们是没有工作经验的应届毕业生，就摇头拒绝。一来二去，大家不得不降低要求，以前是非福利好、待遇高的大企业不去，现在是只要需要我们，我们就硬着头皮往里闯。

　　我的运气属于最差的那类。第一次，有家电器公司通知我去面试文秘，说好了时间是上午 9 点，但我因为出门前打扮得太久，耽误了时间，加上塞车，结果整整迟到了 1 个小时。工作人员扬着手上一堆报名表对我说："小姐，你不适合做文秘，适合做老总。"

　　第二次，我吸取教训，没怎么打扮就提早出了门，可是那家礼仪公司的工作人员依然摇着头对我说："注重仪表是对别人的尊重，你在学校没有学过吗？"

　　总而言之，那段时间仿佛就像一场噩梦，谁叫就业行情供过于求呢？大家虽然牢骚满腹，但工作还是得继续找！

　　那天又应聘失败，垂头丧气地走在回学校的路上，忽然看到一家银行门口贴着招聘广告。银行工作稳定,福利好,而且特别适合女孩子,我想反正不用交报名费,就试试吧!

好不容易填完了表,一看报名队伍,我的天! 简直比当年考大学过独木桥还难!

同学们知道我去参加了银行的应聘,都笑话我:'不要做梦了,银行招聘都是做幌子的,人家的关系户把门槛都快踏破了,还会要你吗?"

可3天以后,我还真接到了银行通知我面试的通知。同学们劝我没必要去,还是那句话,说面试不过是走走形式罢了!但我是个不服输的人,还是一意孤行地去了。

参加面试的人很多,可大厦里静悄悄的,银行特有的肃穆气氛让大伙儿大气也不敢喘。每个面试完了的人表情都不太一样,有的喜形于色,有的万分沮丧,面试的那间办公室的门闭得紧紧的,透露出一种神秘的气息。每次有人面试完从那间房门里走出来,随着开门关门"砰砰"作响的声音,大家的心也跟着一紧一紧的。排在我前面的女孩长得很漂亮,据她向我们自我介绍,她参加过选美,还进入了复赛。和她相比,我觉得我就像没有完全长开的小苗儿!

美女进了那间神秘的办公室,下一个就轮到我了。我想我可真够倒霉的,主考官刚看完一个美女,再看我这么个"豆芽菜",印象分一定打不高!正当我胡思乱想的时候,门'砰"的发出一声巨响,吓了我一跳,大家的视线顿时都落在刚从办公室里走出来(应该说是跳出来)的美女身上!

"主考官对我很满意,我回答问题的时候他们脸上都带着微笑!"她对我说,"希望你也好运——不过提的问题很怪,你不一定能回答得像我那么好!"

我还来不及问她主考官提了什么问题,里面已传来声音:

"下一个！"我整整衣裳，大着胆子往里走。

很幸运，提的问题对我来说不算刁钻，要我在 5 分钟内背诵古诗词三首——也许是考记忆力和思维敏捷程度吧。考完后，主考官点点头，目无表情地对我说："你可以走了！"没看到微笑，我想也许是没戏吧！我朝门口走去，正准备开门，又返身出于礼貌地朝他们鞠了一躬："谢谢！"

我轻轻关上了门。从银行银灰色的大厦里走出来，我安慰自己，银行的工作太刻板了，不适合我！可是我还是有些茫然，不知道还有没有勇气去参加下一次应聘。

半个月后，银行方面给我打来电话，我被录取了。

第一天上班的时候，被带去领高级西式制服，碰到了那天面试我的一个主考官。她对我说："我记得你，那天我们接待了约 50 个应聘者，你是唯一一个向我们鞠躬，并且关门关得那么有礼貌的人！"她的脸上满是和蔼的笑容，"我们是服务行业，不论客户的态度怎么样，我们展示给他们的就该是我们最好的一面！"

这是我的第一次求职成功的经历，虽说是误打误撞的成功，却让我建立了自信，后来我又陆续换了几个工作，并且最终找到了适合自己的位置。

❋ 杨晓丹

🌹做人做事小语🌹

良好的修养常常丰盈人的内心，而内心的美比起外貌的美，更具有持久的生命力。在我们的一言一行中，如果常常能想到自己这样做是否会给他人带来不便，是否会影响到他人的学习和生活，便可称得上是一个有修养的人了。

（王 蕴）

失礼，没有理由

失礼时展示得更多的是我们自己，而不是我们所憎恨的人。

查尔斯的父亲早已过世，但是他和父亲之间的这个故事始终让他难以忘怀。

在查尔斯小的时候，他常在父亲开的杂货铺里帮忙。杂货铺里有一个不怎么受欢迎的人，伙计们背地里都叫他"堕落的老家伙"。大家都知道他对妻子不忠的事，从道德上来讲，他绝对不是一个值得尊敬的人。

查尔斯对这个人的人品也有所耳闻，所以与其他孩子一样，对他很不尊重。孩子们称呼其他成年男性都是"某某先生"，而对于这个"老恶棍"，他们却只愿意称他为"乔"。

查尔斯的父亲有一天听到了儿子与"乔"的对话，于是便把儿子叫到了办公室里。

父亲说道："儿子，我曾经告诉过你，跟长辈说话一定要谦恭，可你在大声叫'乔'。"

儿子向父亲解释，为什么他要故意把"乔"和"史密斯先生"或"布朗先生"区别对待。

父亲说："对一个人有看法不是你失礼的借口！"

因为失礼时展示得更多的是我们自己，而不是我们所憎恨的人。同样，无礼地对待那些该被轻蔑的人，也会降低我们在善良人眼中的地位。

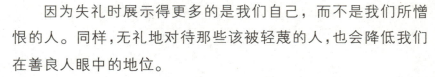

※ [美]鲁贝尔·谢利　刘俊成/译

做人做事小语

如果别人有缺点或者过失，我们自己的力量无法帮他改正，那不是我们的错。但由此对别人轻视和无礼，却是我们的错。完善自己的品行，首先要做的就是独善其身，做自己言行的管理者。

（王　蕴）

住在嘴中的"请"

当我的主人需要我的时候，我们两个可以一起出去。他是个很懂礼貌的人。我相信，说两次"请"，他是不会吝啬的。

史蒂是一个不懂礼貌的孩子，他几乎不懂得说"请"。"给我一点面包！我要喝水！把那本书给我！"他要东西时总是这样说。他的父母为此感到非常难过。而那个可怜的"请"呢，就

110

只好日复一日地坐在史蒂的上颌，它的身体因此日见憔悴。

史蒂有个哥哥叫尼克，尼克非常懂礼貌。生活在他嘴中的"请"经常能呼吸到新鲜空气，身体健壮，心情愉快。

一天吃早饭时，史蒂的"请"觉得自己必须呼吸一下新鲜空气，于是它从史蒂的嘴中跑了出来，长长地吐了一口气，然后爬到桌子对面，跳到尼克的口中！

住在那里的"请"看到陌生的客人，便问候它是从哪里来。

史蒂的"请"回答说："我住在那位弟弟的口中。但是他从不用我，我从未呼吸过新鲜空气！我刚才想，你也许愿意让我在这里待上一两天，让我重新变得健壮起来。"

"噢，当然可以。"另一个"请"热情地说道，"我了解你的心情。你可以待在这里，没有问题。当我的主人需要我的时候，我们两个可以一起出去。他是个很懂礼貌的人。我相信，说两次'请'，他是不会吝啬的。你在这里想待多长时间就待多长时间吧！"

中午吃饭时，尼克想要黄油，他这样说道："父亲，请——请把黄油递给我，好吗？"

"当然可以，"父亲说，"你为什么这样客气？"

尼克没有回答。他转向母亲，说道："母亲，请——请你给我拿一块松饼，好吗？"

母亲听了这话，禁不住大笑起来。"亲爱的，给你。你为何要说两次'请'呢？"

"我不知道，"尼克回答道，"不知为何，这些字好像是自己跳出来的。史蒂，请——请给我倒点水！"这次，尼克几乎吓了一跳。

"好了，好了，"父亲说道，"这没有什么不好的。在这个世界上像这样客气的人并不多。"而与此同时，小史蒂表现得非常粗鲁，他一直在大喊大叫："给我一个鸡蛋！我要喝牛奶！把勺子给我！"但是现在他停下来，听他哥哥说话。他想，像哥哥那样说话很有趣，于是他开始说："母亲，嗯，嗯，把一块松饼递给我，好吗？"

他想说"请"，但是他怎么能说得出呢？他根本没想到自己口中的"请"现在正待在尼克的嘴中。于是他又试了一次，想要黄油。"母亲，嗯，嗯，把黄油给我，好吗？"他能说出口的只有这些。

这种情况持续了一整天，所有人都不知道他们兄弟两个出了什么问题。夜幕降临后，他们两个都累坏了，而且史蒂变得非常急躁。母亲只好让他们两个早早入睡。

第二天早晨，他们刚一坐下吃早饭，史蒂的"请"就跑回了家。昨天，他呼吸了许多新鲜空气，现在感觉非常好。他刚回到史蒂的口中，就得到了一次呼吸的机会。因为史蒂说道："父亲，请您给我切一块橙子，好吗？"这个字非常容易地就说出了口！听起来和尼克说的一样好听，而尼克今天早晨也只说一个"请"字了。从那以后，小史蒂变得和哥哥一样懂礼貌了。

🌹做人做事小语🌹

这真是一个有趣又值得回味的故事。想想我们平时是不是也像史蒂那样，冷落了那个"请"字，而让父母和朋友都感到你不够礼貌呢？试着从现在起，优待"请"字，常让它从口中出来呼吸下新鲜空气吧！

（王 蕴）

第5辑

听懂你的心

一个牧场主养了许多羊，
但他的邻居养的猎犬常常跳过栅栏袭击他的小羊羔。
忍无可忍的牧场主找到法官评理。
法官说："我可以发布法令让他把猎狗锁起来，
但这么一来你就失去了一个朋友，多了一个敌人。
我可以给你一个更好的主意。"
牧场主到家后，按法官说的，
挑选了三只最可爱的小羊羔送给猎户的三个儿子，
孩子们如获至宝，
因为怕猎狗伤害到儿子的羊羔，
猎户把狗关了进去。
从此两家相安无事，还成了好邻居。
先去理解别人，自己就容易被理解。
先去满足别人，自己的需要就容易得到满足。

每个人都有两张照片

如果我们以获益时的笑脸去待人处事,那么我们将会收获更多的笑容。

马戏团团长克莱特,一连好几天都在为一群猴子烦恼不已。因为这些猴子是刚从山上捕获的,由于野性难改,不好驯服,已有好几个驯兽师被这些猴子气坏了。驯兽师纷纷抱怨,那些野猴子实在太难对付了,不如放弃对它们的驯服吧。驯兽师还举实例来说明,他们说的都是实话。

他们曾经用了很多方法来驯服这些野猴子。比如,给它们吃东西,可是它们光吃不干活,哪怕学骑自行车,或者做些简单的倒立、爬竹竿等动作,再或者对着观众们乐一乐也行啊,可是它们一见驯兽师便躲得远远的。后来驯兽师只得将它们和家猴关在一起,希望家猴能够和它们沟通,引导它们学习表演。可是,那些野猴子竟然将家猴打得遍体鳞伤,以至于家猴们也不敢跟它们待在一起。

就在克莱特决定听从驯兽师们的建议,放弃对这些野猴的驯服工作时,他突然觉得还是亲自去看一看再下决定的好。经过一段时间的观察后,克莱特竟然有了一个惊人的发现。为了测试出这个发现是否正确,他召集了所有驯兽师来到现场见证。克莱特首先让人将所有驯兽师的仿真照拿出来，仿真照跟真人差不多高，每人都有两张照片，一张面带怒色，一张笑容满面。这些仿真照一拿出来，便在驯兽师中引起了一阵骚动。但是为了看清团长克莱特的真正意图，他们没有吭声，而是静静地站在一旁观望。

克莱特首先将驯兽师们那些面带怒色的照片，一张张地拿去跟猴子们见面。结果猴子们一个个吓得连滚带爬地逃走了，有的还试图用爪子去撕碎那张照片。然后，克莱特将驯兽师们那些笑容满面的照片，一张张地拿去跟猴子们见面。结果奇迹出现了，只见那些平时野性难改的猴子，竟然安静了下来，并且还冲那张照片笑了笑，尽管猴子们笑得很难看，但那滑稽的样子还是将在场的所有人都逗乐了。

最后，克莱特团长转向狐疑的驯兽师们，慢慢地说："你们现在都看到了吧，猴子们需要的是你们真诚的笑脸，而不是你们的满脸怒色。也许你们不明白，我是怎样弄到这些照片的。这些照片是我暗中让人拍下来的，那些满脸怒色的照片是你们在驯服猴子时的模样，而那些满面笑容的照片，则是你们从我这里领取薪水时的模样。现在的问题已经十分明确了，如果你怀着领薪水时的心情去工作的话，工作起来就没那么困难了。"

生活中，其实我们每个人都有这样两张相片，当获益时，就满面笑容；当需要自己付出时，便满脸怒色。如果我们以获益时的笑脸去对待人处事，那么我们将会收获更多的笑容。

沈 湘/译

当处于困境时,笑容比愁容有力得多,而且更能显示一个人宽阔的心胸和不凡的气度。当同学或朋友不理解我们时,当成绩不理想时,当我们的努力没有达到预期目标时,与其愁容满面,知难而退,不如微笑面对,迎刃而上,美丽的笑容会为我们带来满意的收获!

（高　洁）

理　　解

如果先理解别人,那么自己就容易被别人理解。如果用理解来表达需要,那么自己的需要就容易得到满足。

杰克和约翰是多年的好朋友。一次他们一同去曼哈顿出差。早上,当他们在旅店点完饭菜之后,约翰说:"我出去买份报纸,一会儿就回来。"

过了5分钟,约翰空着手回来了,嘴里嘟嘟囔囔地发泄着怨气。"怎么啦?"杰克问。

约翰答道:"我到马路对面的那个报亭,拿了一份报纸,递给那家伙一张10美元的钞票,让他给我找钱。他不但不找钱,反而从我腋下抽走了报纸,还没好气地教训我,说他的生意正忙,绝不能在这个高峰时间给人换零钱。看来,他是把我当成借买报纸之机破零钱的人了。"

两个人一边吃饭，一边议论着这一插曲。约翰认为，这里的小贩傲慢无礼，不近人情，素质太差，很可能都是些"品质恶劣的家伙"。

杰克请约翰在旅店门口等一会儿，自己则向马路对面的那个报亭走去。杰克面带微笑十分温和地对报亭主人说："先生，对不起，您能不能帮个忙。我是外地人，很想买一份《纽约时报》看看。可是我手头没有零钱，只好用这张 10 美元的钞票。在您正忙的时候，真是给您添麻烦了。"

卖报人一边忙着一边毫不犹豫地把一份报纸递给杰克，说："嗨，拿去吧，方便的时候再给我零钱！"

当约翰看到杰克高兴地拿着"胜利品"凯旋而归的时候，疑惑不解地问："杰克，你说你也没有零钱，那个家伙怎么把报纸卖给你了？"

杰克真诚地说："我的体会是：如果先理解别人，那么自己就容易被别人理解。如果用理解来表达需要，那么自己的需要就容易得到满足。"

❋ 荂光字

🌀做人做事小语🌀

理解是人与人沟通的一座彩虹桥。体谅别人的难处，包容别人的过错，明白别人的需要，是搭建这座彩虹桥的基石。它不仅方便别人行走，也会让自己在与别人的交往中畅通无阻。如果我们有过不被人理解的切身感受，那就请搭建这座彩虹桥吧。

（高 洁）

别人的需要

如果你换上我的眼睛，就不用戴眼镜了，也就不用老是用布擦镜片了。

在一节"思想品德"课上，我向孩子们讲了知识的重要性，告诉他们知识是世界上最为宝贵的东西。然后我对孩子们说："假设老师这里有很多你们需要的知识，现在老师让你们用自己最心爱的东西和老师交换，你们愿意拿什么来交换知识呢？"

孩子们皱着眉头想了好一会儿，开始回答我的问题。有的说要用变形金刚换，有的说要用画册跟我换……当轮到一个大眼睛小女孩时，她嗫嚅着说："老师，我只有几个蝴蝶结，你不会喜欢的。但我愿意用自己的眼睛和你换。教美术的王老师说我的眼睛是全班最大的，也是最漂亮的。"

我奇怪地问她："你为什么想到用眼睛和老师换呢，老师也有眼睛啊。"她想了一下说："如果你换上我的眼睛，就不用戴眼镜了，也就不用老是用布擦镜片了。"

刹那间，我被深深地感动了，一股暖流涌遍全身。当时正是冬天，因为室内外的温差较大，在教室里上课，眼镜一会儿就被蒙上一层雾气，只好不停地摘下来用布擦。这一小小的细节,却被这个小女孩记在了心里。

我在班上热情洋溢地表扬了小女孩,倒不是因为她愿意把眼睛换给我,而是因为她不但想到了自己的需要还想到了别人之所需。而在生活中,我们总会清楚地知道自己最需要什么,却往往忽视了别人最需要什么。

 苑广阔

做人做事小语

我们身边的亲人、老师和朋友需要的或许只是一个灿烂的笑容,一声体贴的问候,一份默默的关怀,而这些对我们来说并不是难事。细心发现他们的需要,做一个懂事的孩子吧! （高洁）

松下幸之助吃牛排

我想当面和你谈,是因为我担心你看到吃了一半儿的牛排送回厨房,心里会难过。

有一次,松下幸之助在一家餐厅招待客人,一行六个人都点了牛排。等六个人都吃完主餐,松下让助理去请烹调牛排的主厨过来,他还特别强调:"不要找经理,就找主厨。'助理

注意到，松下的牛排只吃了一半，心想一会儿的场面可能会很尴尬。

主厨来时很紧张，因为他知道请自己的客人来头很大。"是不是有什么问题？"主厨紧张地问。"烹调牛排，对你已不成问题。"松下说，"但是我只能吃一半。原因不在于厨艺，牛排真的很好吃，但我已80岁了，胃口大不如前。"

主厨与其他的五位用餐者困惑得面面相觑，大家过了好一会儿才明白是怎么一回事。"我想当面和你谈，是因为我担心你看到吃了一半儿的牛排送回厨房，心里会难过。"

如果你是那位主厨，听到松下先生的如此说明，会有什么感受？是不是觉得备受尊重？客人在一旁听见松下如此说，更佩服松下的人格，并更喜欢与他做生意了。

又有一次，松下对一位部门经理说："我个人要做很多决定，并要批准他人的很多决定。实际上只有40%的决策是我真正认同的，余下的60%是我有所保留的，或只是我觉得过得去的。"

经理觉得很惊讶：假使松下不同意的事，大可一口否决，实际并不这么简单。

"总之，你不可以对任何事都说'不'，对于那些你认为算是过得去的计划，你大可在实行过程中指导他们，使他们重新

回到你所预期的轨迹。我想一个领导人有时应该接受他不喜欢的事，因为任何人都不喜欢被否定。"

做人做事小语

我们平时做事情时，是不是也像松下幸之助那样，常常想到别人的感受呢？自己不喜欢的事，也不要强求别人去接受；自己想获得别人的尊重，那就要先去尊重别人。杰出的人才都是在小事和细节上展现自己的优秀品质的。

（高洁）

坐里面的位置

当你心中只有你自己的时候，你把麻烦也留给了自己；当你心中想着他人的时候，他人也在不知不觉中方便了你……

这是学校最有名的一位教授开设的讲座，去听的人特别多。等我赶到大讲堂的时候，靠近讲台和过道两边的座位都已经被别人占去了，只有中间和后面那些出入不方便的座位还空着。

八点钟的时候，讲座准时开始。教授站起来，径直走下讲台，来到大讲堂最后面一排的座位上，指着座位中间的一个同学说："同学们，在开始今天的讲座之前，请允许我向这位同学致敬。"说着，教授向那位同学深深地鞠了一躬。

大讲堂里一下变得鸦雀无声，大家不知道发生了什么事情。

教授缓缓地说："我之所以向这位同学鞠躬，是因为他选择坐里面位置的行动，让我充满敬意。"

讲堂里一下变得有些骚动起来。

教授依然用不高的语调说道："我今天是第一个来大讲堂的，在你们入场的时候，我特别注意观察了。我发现，许多先到的同学，一进来就抢占了靠近讲台或过道两边的座位，在他们看来，那一定是最好的位置了，好进好出，而且离讲台也近，听得也清楚了。只有这位同学，我注意到，当时靠前面和两边的位置还有很多，可是他却径直走到大讲堂的最后面，而且是坐在最中间，这是进出都不方便的位置。这位同学把好的位置留给了别人，自己却宁愿坐最差的位置。这种品质，难道不值得我们敬佩吗？"

教授接着说："我继续观察发现：先前那些抢占了他们认为是好位置的同学，其实备受其苦，因为排与排之间的距离小，每一个后来者往里面进时，靠边的同学都不得不起立一次。我统计了一下，在半个小时之内，那些抢占了'好位置'的同学，竟然为他们的行为付出了起立十多次的代价。而那位坐在后排中间的同学，却一直安静地看着自己的书，没有被人打扰。"

教授停顿了一下，然后望着大家，缓缓地，但却很有力地说："同学们，请记住：当你心中只有你自己的时候，你把麻烦也留给了自己；当你心中想着他人的时候，他人也在不知不觉中方便了你……"

台下响起了长时间的热烈掌声，久久没有平息。

俞　彪

做人做事小语

俗话说："与人方便，与己方便"。做事情的时候，要顾及到别人的感受，要考虑到会不会给别人带来不便。那些只图自己一时方便的人，其实也是在为自己设置一道道的藩篱。只有心中的花园为自己，更为别人开放，才能闻得到别家花园的沁人芳香。

（高　洁）

把"名声"送给别人

淡泊名利的人出了名。现在全世界都知道，"钢铁大王"卡内基，又有几个人知道布尔门？

美国"钢铁大王"卡内基年幼时，家境贫寒。父母从英国移民到美国定居，刚落脚时供养不起卡内基读书，卡内基只能辍学在家。

有一次，别人送给他一只母兔，很快，母兔又生下一窝小兔。这下，卡内基犯了难：因为他买不起豆渣、胡萝卜等饲料来喂养这窝兔崽。他拍脑袋一想，计上心来——请左邻右舍的小孩子都来参观这些活泼可爱的兔娃娃。小朋友大都喜欢小动物，卡内基趁机宣布，谁愿意拿饲料喂养一只兔子，这只兔子就用这个小朋友的名字命名。小朋友齐声欢呼赞同卡内基的"认养协议"。于是,小兔子都有了漂亮的名字,卡内基担忧的饲料难题也迎刃而解。

童年趣事给卡内基带来了有益的启示:人们珍惜爱护自己的名字,而不务虚名者得到巨大的实际利益。他从小职员做起,通过顽强努力,成为一家钢铁公司老板,想不到儿时的情景时不时重现。

为竞标太平洋铁路公司的卧车合约,他与商场老手布尔门的铁路公司掰手腕子,双方为了投标成功,不断削价比拼,结果已跌到无利可图的地步,彼此还咽不下这口气。

"冤家路窄",卡内基在旅馆门口邂逅布尔门,他微笑着伸出手,主动向布尔门打招呼说:"我们两家如此恶性竞争,真是两败俱伤啊!"

卡内基接着坦诚地表示:尽释前嫌,合作奋进。布尔门被卡内基的诚挚所感动,气消了一半,不过对合作奋进缺乏兴趣。卡内基对布尔门不肯合作的态度感到纳闷儿,一再追问原因,布尔门沉默片刻,狡黠地问:"合作的新公司叫什么名字?"哦,布尔门为"谁是老大"处心积虑!卡内基想起儿时养兔子之事,脱口而出:"当然叫'布尔门卧车公司'啦!"

布尔门简直不敢相信自己的耳朵,而卡内基又明确无误地确认了一遍。

于是,冰释前嫌,强强联手,签约成功,双方从中大赚一笔。

历史常常开这样的玩笑,淡泊名利的人出了名。现在全世界都知道,"钢铁大王"卡内基,又有几个人知道布尔门?

❋ 木 子

做人做事小语

名誉和伟业从来都是为脚踏实地又有深谋远虑的人准备的。要获得长久的成功,就不能为眼前的一点小利而斤斤计较。开阔我们的胸怀,把思维放得长远些,一步一个脚印地走下去,我们的生命之花会盛开得更加灿烂。

（高　洁）

什么比药灵验

人们可以拒绝冷漠,却不会拒绝爱意,只因它是一剂良药。

在新西兰的野生动物保护中心,拖蒂医生为了挽救一只小非洲狮而大伤脑筋。因为这只还不满两周岁的小非洲狮是从非洲大草原空运过来的,所以十分珍贵。可是谁知它在吃一只鸡时,喉咙被骨头卡住,发炎肿胀,无法进食。本来只需给它打几针就好,可是,这只小非洲狮对抗生素产生了抗体,病情就是不见好。

眼看快一个星期没有进食的小非洲狮已经奄奄一息,拖蒂医生急得快要哭了。

保护中心几乎请来了新西兰所有的兽医,但他们跟拖蒂医生一样，毫无办法。于是，好心的网友们，有的向拖蒂医生推荐技术高超的医生，有的建议将狮子送回到非洲大草原。最后，一名叫凯琳的 12 岁小女孩建议说，每天用手去摸摸小狮子的头，这样也许它会好得快些。凯琳还举例说，她曾收养过一只小流浪狗，刚开始流浪狗什么也不吃，快要死了，凯琳便用手去摸它的头，就像自己生病时，妈妈抚摸她的额头那样。她发现小流浪狗很愿意让她摸，不久，小流浪狗就痊愈了。

许多医生觉得小凯琳的建议太荒唐，如果只需用手去摸摸额头就能将狮子医好，那要医生干什么？可拖蒂医生却像发现大陆一样惊喜，他听取了小凯琳的建议，小非洲狮在拖蒂医生温情的抚摸下竟然真的一天天好了起来。

❋ 沈岳明

🌹做人做事小语🌹

在疾病侵害我们的身体时，我们的内心也常常变得脆弱。爱意的抚摸，就如一股暖流，让脆弱又有寒意的心变得温暖，让薄弱的意志变得坚强。人们可以拒绝冷漠，却不会拒绝爱意，只因它是一剂良药。

（高　洁）

欣赏使人变美

连小偷都能在欣赏的引导下走上正路，我们周围还有什么人不能被欣赏、不能被引导呢？

19世纪末，美国西部的密苏里有一个坏孩子，他偷偷地向邻居家的窗户扔石头，还把死兔子装进桶里放到学校的火炉里烧烤，弄得臭气熏天。他九岁那年，父亲娶了继母，父亲告诉她要好好注意这孩子。继母好奇地走近这个孩子。当她对孩子有了了解之后说："你错了，他不坏，而且很聪明，只是他的聪明还没有得到发挥。"继母很欣赏这个孩子，在她的引导下，孩子的聪明找到了发挥的地方，后来成了美国著名的企业家和思想家。这个人就是戴尔·卡内基。

台湾作家林清玄去一家羊肉馆用餐，老板对他说："你还记得我吗？"林清玄说："记不起来了。"老板拿来一张二十年前的旧报纸，那里有林清玄的一篇文章，那时他在一家报社当记者。这是一篇关于小偷的报道，小偷手法高超，作案上千次，次次得手，最后栽在一个反扒高手的手上。文章感叹道："象心思如此缜密，手法如此灵巧的小偷，做任何一件事情都会有成就的吧！"老板告诉他："我就是那个小偷，是你的这段话引导我走上了正路。"

连小偷都能在欣赏的引导下走上正路，我们周围还有什么人不能被欣赏、不能被引导呢？

学会欣赏别人吧！欣赏你的同事，你和同事之间会合作得更加亲密；欣赏你的下属，下属会工作得更加努力；欣赏你的爱人，你们的爱情会更加甜蜜；欣赏你的孩子，说不准他就是下一个卡内基……

❋ 吉利豪情

🌸做人做事小语🌸

我们与人交往时，以欣赏的眼光看待别人的优点，以缩小再缩小的比例衡量别人的缺点，不仅会使交往顺畅又悦心，还能使自身和别人的缺点在无形中隐没，最后消失。因为人人都渴望得到别人的欣赏和鼓励，它是促使人积极向上的强大力量。

（高　洁）

揣在兜里的剪子

了解别人的需要，就是自己生存的最好条件。

最近，我遇上一位在外企做办公室主任的中学同学。多年不见，自然要谈起毕业后各自的情况。说笑之间，彼此都发现，

28 年的光阴，已经把同学当年意气风发的容貌，磨砺得面目全非。

我的这位同学，来北京好几年了，在办公室主任这个岗位上也已经干了 4 年。有一份可观的收入，老婆孩子也迁到了北京，小日子过得挺红火。闲聊之间，他接过几个电话，大多是安排工作的事，我发现他的性格发生了很大的变化。从前他和我一样，总喜欢丢三落四，而现在，从言行举止上看，那种严谨和周到，让人觉得与以前相比完全判若两人。

前几天，我应邀去参加他们公司一个项目的剪彩仪式，他的有条不紊和周到细致，让我佩服得五体投地。那天的仪式，原定由 5 位市里和区里的领导剪彩。当 5 位领导被请上台后，他们的老总发现台下还有一位相当级别的老领导也来了，于是硬把这位领导拉上台，让他也一道剪彩。这时，我看在眼里，急在心里：同学要出洋相了。说时迟，那时快，我的这位同学，迅速从大衣口袋里拿出了一把剪子递了上去，一字排开，6 位领导，喜气洋洋地剪完了彩，所有的人皆大欢喜。我在心惊之后，顿生敬佩之情，这一幕真是让我大开眼界。事后我问他："你怎么知道你们老总还会叫一个人上去？"

"你还别说，他再叫一个，我这边口袋还装着一把呢。"他很轻松地说。

"你小子，还真行。"我拍了一下他的肩膀。

"我们这碗饭不好吃呀！在外企干事，出了问题，从来都是下属的责任。所以，养成了做事多留个心眼儿的习惯。有一次老总出席一个很重要的会议，在头一天下班前，我就把他的发言稿写好交上去了。可是，临到上台前，这位老先生却找不着稿子了，还好我兜里备了一份，否则非得出事不可。高薪不好拿呀！"他深有感慨地说。

回来后，我多次把这个故事，说给自己公司的人听，我一直相信，愿意并且能够给人补台的人，一般是能在企业中立足的——了解别人的需要，就是自己生存的最好条件。

※ 郭梓林

做人做事小语

急别人之所急，想别人之所想，是我们生活和学习中需要恪守的一个信条。这需要我们做事之前先用缜密的思路去把未知的结果考虑周全。多设想可能出现的意外，多准备几个补救的措施，是预防紧急问题的常规做法，也是培养我们管理自己、提高生存能力的好方法。

（高　洁）

听懂你的心

园长先和孩子握了握手，说："欢迎你来到这里！你真是个漂亮的小男孩！"

在一家远近闻名的幼儿园里，有一位善解人意的园长。据说她能听懂每个孩子的心。

有一天，一个慕名而来的年轻母亲带着她的儿子——

个不合群，在哪家幼儿园都待不长久的小男孩，找到了这位园长。园长先和孩子握了握手，说："欢迎你来到这里！你真是个漂亮的小男孩！"

小男孩听到赞扬，脸上露出了微笑。

然后，他乖乖地跟着园长参观这所幼儿园。在路过一道围墙的时候，小男孩指着上面那些五颜六色、乱七八糟的图画说："这是谁涂的呀？"

"这可能是哪个淘气的孩子涂的，以后你可不能乱涂乱画。"小男孩的母亲赶紧说道。

可是那位园长却低下头来微笑地说："这是专门给孩子们画画用的。只要你高兴，随时可以在上面画画。"

小男孩似乎对她的回答很满意，他没再纠缠这个问题，径直朝前走去。

一会儿他们来到了一间教室，里面有十来个孩子正坐在地上堆积木。其中有一个小女孩堆得特别好，她的城堡马上就要完成了。

这时，小男孩就说："天天玩，没意思！"其实他是嫉妒人家堆得好。

小男孩的妈妈便接口道："没意思就玩别的，又没人拦着你。"

这时园长摸摸小男孩的头，说："天天堆积木好像是没什么意思，你看，外面还有那么多的玩具，你想玩什么就玩什么。"说完就带着他走出了教室。

参观完后，妈妈问小男孩愿不愿留在这里，小男孩点了点头。这让他的妈妈大为惊讶，她对园长说："我真不敢相信！这可是他第一次表示愿意留在幼儿园。我不知道你到底用了什么办法？"

园长笑着说："其实很简单，只要把自己当成他就行了。"

与大象对话

> 波佐渐渐平静下来，缓缓地抬起头，眼巴巴地望着矮个子男人。最后它竟然像一个受了委屈的孩子，贴着男人啜泣起来。

　　大象波佐是伦敦一家马戏团的台柱子，性情本来非常温顺。可是，不知为什么，最近它的性情变得越来越暴烈。有一次它甚至突袭了饲养员，差点让这个可怜的人当场丧命。所有人都拿波佐没办法，连兽医也不知道问题出在哪儿。不得已，马戏团老板决定杀死波佐。为了最后在波佐身上捞一笔钱，他大肆宣传马戏团将对波佐进行公开处决。

　　处决那天人山人海，似乎人人都想目睹这个庞然大物将如何死去。波佐被锁在舞台中央的大笼子里，不远处站着手持来复枪的枪手。在台上的老板细数着波佐的"罪状"。当声讨结束以后,所有人都屏住呼吸等待着最后的枪响。就在这时,一个矮个子男人走上舞台,平静地对老板说:"大可不必这么做。"

老板一把推开他说:"这头大象必须死,不然有人会送命的。"

男人固执地说:"让我进笼子和它待两分钟,我会证明你是错的。"

老板瞠目结舌地说:"你会没命的!"但矮个子男人坚持己见,贪婪的老板也不想错过这场好戏。

于是,他对这个男人说:"进去可以,不过你要出了意外,可与我们马戏团无关。你先立个字据吧。"

矮个子男人写了张字条给老板,声明一切后果自负。

在男子进笼子之前,老板大声告知观众将要发生的事情。台下顿时像炸了锅一样,观众都感到不可思议,有人甚至不停地在胸前划着十字。

男人从容地钻进笼子,波佐一见有陌生人闯入它的领地,立刻伸长鼻子大声发出警告,并准备随时攻击这个入侵者。这名男子面不改色,微笑着对波佐说话。帐篷里安静极了,每个人都竖起了耳朵,但离舞台最近的观众也听不懂男子口中的呢喃,只知道他在说某种外语。更不可思议的是,波佐渐渐平静下来,缓缓地抬起头,眼巴巴地望着矮个子男人。最后它竟然像一个受了委屈的孩子,贴着男人啜泣起来。这一幕上所有人目瞪口呆。忽然有人鼓起掌来,顷刻间,雷鸣般的掌声、欢呼声震耳欲聋。

这名男子一从笼子里走出来,老板立刻拉住他问:"太神奇了,你到底给它施了什么魔法呀?"男子边穿外套边说:"这是一头印度大象,它听惯了印地语。你们说的话它一句也不明白,所以会变得越来越暴躁。我建议你找一个会说印地语的人来照顾它,它就会变得和以前一样温顺。"说罢,这名男子离开了帐篷。老板仔细看了看手里的字条,发现署名者竟是曾在印度生活多年的英国著名文学家拉迪亚德·吉卜林。

谁都没想到,险些让波佐丧命的问题竟然出在沟通上。可怜的波佐生活的世界里,充满了说话声,却没有一句它听得明白,怎么能不发狂呢?或许,在沟通时,我们更应该试着站在它的角度,用它熟悉的语言来跟它对话,这样才不致因产生误解而酿成悲剧。

❋ 王　豪

🌸 做人做事小语 🌸

与别人沟通时,如果对方能够顾及到我们的感受,常常为我们着想,我们是不是会觉得这样的沟通暖意融融呢?沟通是双方的,如果我们也细心地去考虑对方的处境和感受,那份温暖的感觉也会在彼此心间流淌,误解和悲剧就可以避免。

(高　洁)

一句话的分量

对于一个信心不足又努力追求梦想渴望成功的年轻人来说,还有什么比一句肯定和鼓励的话更重要呢?

　　一位表演系的男生刚上大一的时候,内心非常脆弱。有一次,他认为做得比较好的一份作业没有得到老师的认可,一整天情绪都很低落。傍晚他郁闷地躺在宿舍里,突然听见楼下有人叫他,下楼一看竟是自己的老师。原来,这位老师下班后骑自行车回家,走了一半,又想起今天这个学生情绪不好,应该嘱咐他一句,于是他特意折回来对这个学生说:"作业的问题并不重要,重要的是,我不希望你因为一点儿挫折而影响了创作的激情!"男生心底里的那份柔弱被聪明的老师觉察到了,并适当地给予了安慰和鼓励,这个男生被深深地感动了,那一刻,他心里重新燃起了对表演的热情!

　　老师的那句话对一个信心动摇、茫然无助的学生来说是多么及时，多么重要！没有这句话，他也许会不断否定自己，从此消沉下去，也许今生都会与表演绝缘。那句话，像一场及时雨，滋润了一个年轻人的心田，给了即将折损的幼苗一个继续成长的动力！

您看过《结婚十年》和《乔家大院》吗？这个学生就是"成长"及"乔致庸"的扮演者陈建斌！

1994年，陈建斌大学毕业后返回了新疆，第二年，他抱着试一试的心态从新疆坐火车来到北京参加1月份的研究生考试。凑巧的是，陈建斌上本科时的老师恰巧也是姜文的老师。因此，姜文看过他演的话剧。来北京的第一天，姜文就请他吃饭。当时姜文刚拍完《阳光灿烂的日子》，名气正旺，而陈建斌只是新疆话剧团一位来北京考学的演员而已。在这次饭桌上，姜文随口说出的一句话却重重地砸在了他的心灵深处："你挺棒的，别放弃！"

对于一个信心不足又努力追求梦想渴望成功的年轻人来说，还有什么比一句肯定和鼓励的话更重要呢？

也许对姜文来说，一顿饭、一句话，再简单不过。但他或许没有想到，这句话对一个当时还默默无闻的地方演员来说却有千钧重！那一刻，他点燃了一个年轻人蓄势待发的表演激情，使他的人生目标变得更加敞亮。一句话，给一颗飘摇的心安上了一个厚实的底座，让黑暗中的航船看到了远处明亮的灯塔。

也许我们没有能力捐出巨款做一位慈善家，也许我们也没有广博的知识传授给那些贫困地区的孩子们，但是，我们每一个人都可以轻松地做一件事，那就是对正处于困境中的人真诚地说一句肯定和鼓励的话。一句话，可以使他们的心灵变得富有！而这对于我们来说，不过启齿之劳。

张磊磊

做人做事小语

　　我们或许都经历过失意、沮丧和落寞,为自己的努大付出得不到回报,为自己的真心诚意遭受误解,也为自己的良苦用心不被理解。这时,无论是我们平时敬重的人,还是身边默默无闻的人,一个鼓励的眼神,一句积极的肯定,都是冬日里的艳阳,能带给我们温暖和向上的勇气。

(高洁)

注意聆听

　　妈妈,果然像您说的一样,只要我仔细倾听,人们每天都会教我该吃些什么。

　　有一天,猫妈妈把小猫叫到身边,说:"你已经长大了,3天之后就不能再喝妈妈的奶了,要自己去找东西吃。"

　　小猫惶惑地问妈妈:"妈妈,那我该吃什么东西呢?'

　　猫妈妈说:"你要吃什么食物,妈妈一时也说不清楚,这几天夜里,你躲在人们的屋顶上、梁柱间、陶罐边,仔细地倾听人们的谈话,他们自然会教你的。"

　　第一天晚上,小猫躲在梁柱间,听到一个大人对孩子说:"小宝,把鱼和牛奶放在冰箱里,小猫最爱吃鱼和牛奶了。"

　　第二天晚上,小猫躲在陶罐边,听见一个女人对男人说:

"老公,帮我个忙,把香肠和腊肉挂在梁上,别让小猫偷吃了。"

第三天晚上,小猫躲在屋顶上,从窗户看到一个妇人在教训着自己的孩子:"奶酪、肉松、鱼干吃剩了,也不会收拾好,小猫的鼻子很灵,明天你就没得吃了。"

就这样,小猫每天都很开心,它告诉猫妈妈:"妈妈,果然像您说的一样,只要我仔细倾听,人们每天都会教我该吃些什么。"

士 其

做人做事小语

学会聆听是一门艺术。很多时候,当我们不知道怎样去解决眼前的困难时,去听一听别人的建议和想法,我们会得到想要的答案。用心聆听,分享别人的快乐和忧愁,我们会得到双倍的快乐,也会减少一半的痛苦。

(高 洁)

让你心甘情愿

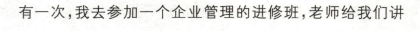

管理就是怎样让人心甘情愿的艺术,就是设身处地地了解别人的需要,考虑别人的利益,以及,如何撩起他们心中真正的渴望。

有一次,我去参加一个企业管理的进修班,老师给我们讲了一个故事：

有艘轮船在近海触礁，很快便开始下沉。船上来自几个不同国家的商人，他们根本不知道情况的危急，仍在高枕无忧地谈论生意。

船长命令大副说："快去告诉那些商人，立刻穿上救生衣逃命！"

过了好一会，大副跑回来报告说："他们都坚持不往下跳。"

于是船长亲自去了，几分钟后他回来说："他们全都跳下去了。"

大副既佩服又吃惊，问船长用了什么办法。船长说："很简单，我对英国人说那就像是一种体育运动，于是他跳下云了；我对法国人说那是浪漫的，于是他也跳下去了；我对德国人说那是命令；对意大利人说那不是被基督教禁止的；对苏联人说那是革命行动。"

在讲完了这个故事之后，老师给我们出了一道题目 请你让大家走出教室。

第一位同学说："我命令你们出去，听到没有！"全班大笑起来，没人响应。

第二位同学说："各位，我要打扫教室，请大家离开！"响应的人刚刚过半。

轮到我时，我看了看手表，刚好，快到吃饭时间了，我便说："各位！食堂中午 12 点开饭，现在已经 11 点 55 分了，大家都去吃午饭吧！"不出数秒，全教室 30 多人嘻嘻哈哈都走光了。

我忽然明白了什么是管理，原来，管理就是怎样让人心甘情愿的艺术，就是设身处地地了解别人的需要，考虑别人的利益，以及，如何撩起他们心中真正的渴望。

 蒋光宇

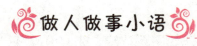
　　我们说认识自己容易,了解别人的内心困难。其实,只要站在对方的角度,用心地为对方考虑,就能了解到别人的渴求和需要。

（高　洁）

揩拭心灵

你答对几道题我就只能给你相应的分数,只有这个分数才真正属于你自己。

　　有这样一则故事。

　　一个男孩上初中时十分贪玩,成绩自然惨不忍睹。老师开始还对他心怀希望,后来便死了心,但为了照顾他的自尊心,以免一二十分的成绩让他颜面扫地,判他的试卷时便尽量放松尺度,有时甚至根本不看,匆匆批上个 60 分就完了。这个学生也知道是怎么回事,每次发了试卷也只匆匆一瞥,就随手扔到别处。

　　不久调来一位新老师,在判这个学生的试卷时,有人告诉她以前那位老师的做法,她只好效仿地给他打了 60 分。发卷子时这位老师注意到,那男孩随手把试卷扔进抽屉。这位老师心里猛地一沉,她连忙走过来,要回试卷,取出红笔重新为他批阅。结果这个学生只得了十几分。最后老师说:"你是学生我是老师,批阅你的试卷是我的职责。你答对几道题我就只能给你相应的分数,只有这个分数才真正属于你自己。"

几年后,在熙熙攘攘的大街上,一位大学生走到这位老师面前开口说道:"可能您已经忘记我了,但我永远记得您。您就是那个重新给了我自尊的人。是您的行为和言语让我走到今天。"

 王东力

做人做事小语

一个人有怜悯和同情之心,往往是善良的一种表现。但我们在怜悯和同情别人之时,千万不要忘了给别人以自尊。廉价的怜悯和同情往往让接受者心有伤痛,如果尊严被人剥夺了,那么善良的怜悯和同情也失去了实际的意义。

（采 露）